安琪的小熊松露

2

拯救動物王國

綾真琴 ◆ 著

Kamio. T ◆ 繪

新雅文化事業有限公司
www.sunya.com.hk

動物王國地圖
東部森林孤兒院
（瑪莉媽媽之家）
魯魯多泉
東部森林
南部草原

北部山脈
綠洲
西部沙漠
N
W
E
S
魯爾納河

characters

出場人物介紹

Louis

小路

是安琪的弟弟，正在讀小一，他很喜歡動物和充滿好奇心。

Black

小黑

小路最喜愛的熊貓娃娃。

Angie

安琪

活潑開朗的小四學生。

Truffe

松露

背部有一個神奇發條的熊娃娃。

嘉爾

在卡露加路
玩具店當兼職
的高中男生。

動物王國的伙伴

洛歌

容易得意忘形的雄性小掩鼻風鳥，是孤兒院的大哥，為了得到女生的垂青，經常練習跳舞。

尼古

在孤兒院成長的年輕獅子，性格既温柔又勇敢。

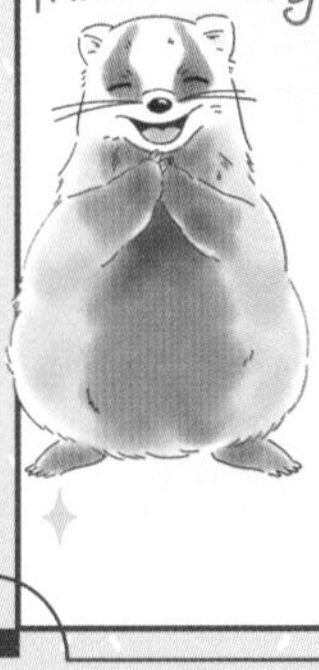

瑪莉媽媽

她很慈愛，在東部森林經營孤兒院，照顧跟父母失散的動物孩子，可說是一眾孩子的母親。

瑪莉媽媽之家的孩子

孤兒院內有各種動物，
大家都像家人般
一起生活成長。

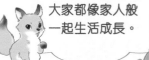

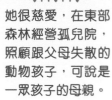

故事開始之前……
大家好，我是安琪！
我是松露！
就讓我告訴大家我們的秘密吧！

秘密①

松露背後的發條是有魔法力量的！

只要在晚上扭動發條……

熊娃娃松露就會動起來！

不過，能夠扭動發條的人，就只有「跟松露心意相通的人」。

秘密②

這個書本吊飾，是玩具店的老爺爺送給我的。

只要打開書本，唸出咒語，就可以前往書中的奇妙世界！

我們到過什麼樣的地方呢？那就是……

我在那裏遇上了跟我長得一模一樣的可蕾雅公主，我們還成為了好朋友。

不過，可麗露山火山爆發……

這樣下去的話，甜點王國會有危險！

我們前往可麗露山尋找傳說中的飛馬，請他制止火山爆發。
可是途中，松露為了拯救快要掉下山崖的可蕾雅，左手……
裂開了！
可蕾雅用帶在身上的粉紅色縫線，替松露縫補好左手裂開的地方。
飛馬先生用可蕾雅戒指上的魔法能量，制止了火山爆發！
太好了！
好了，接下來我們又會有怎樣的冒險之旅呢？
發吧！
GO!!

1 再次出發冒險

在陽光照耀下，樹上那些鮮嫩濃密的綠葉，反射出耀眼的光芒。

萬里無雲的晴空下響着蟬鳴，夏天已經來到康菲斯里村了。

阿曼多大街有各式各樣的店舖，到處都充滿了購物的人潮，非常熱鬧。在人潮當中，卡露加路玩具店安靜地佇立在一旁。

叮鈴鈴——

「午安！」

「老爺爺，我們又來了！」

隨着門鈴響起，兩個矮小的身影衝進店裏來。

最先跟老爺爺打招呼的是小學四年級女孩安琪，後面是她的弟弟——讀一年級的小路。

「哦，你們來了嗎？外面很熱吧？」店主老爺爺溫柔地迎接二人，「今天只有你們兩個來嗎？」

「不，爸爸在找泊車的地方，等一下就會過來。」

小路一邊看着放滿玩具的貨架，一邊回答。

學校早已放暑假了，因為安琪和小路太想外出玩耍，無法在家乖乖待着，爸爸唯有駕車帶他們出外兜

風。而安琪想去卡露加路玩具店看看，所以途中就來到這裏了。

「老爺爺，松露的手臂修好了嗎？」

聽到安琪的問題，老爺爺笑着説：「當然，我已經修好它了。」

「真的嗎？太好了！」安琪鬆了口氣。

松露是安琪最珍重的熊娃娃，但他可不是一隻普通的熊娃娃。

松露的背部有一個魔法發條，只要扭動它，松露在晚上就可以説話和活動了！不過，這件事是安琪和松露之間的秘密。

松露之前因為意外，左手的縫線破裂了，裏面的棉花也外露出來。雖然當時臨時修補好了，但過了一段時間後，縫線又開始鬆脫，所以安琪上星期來卡露加路玩具店，拜託老爺爺幫她修補松露。

「來，拿好它吧！」

安琪輕輕抱起老爺爺遞給她的松露，仔細一看，松露的左手已經完全修好了。

「太好了……松露修好了呢！真的很感謝你啊，老爺爺！」安琪邊説邊緊抱松露。

老爺爺看着安琪高興的樣子也呵呵笑了起來，説：

「還有這個！我照你所説，拿下了那些縫線，那是你跟朋友的重要回憶吧？」

安琪點頭回應他。

那位朋友既不是學校同學，也不是附近的鄰居。那是安琪跟松露的第二個秘密——他們用書本吊飾的魔法前往甜點王國，在那兒認識了可蕾雅公主，她就是安琪的「特別朋友」。

在甜點王國冒險時，松露的左手破開了。而努力替他修補好裂縫的，就是可蕾雅。所以，對安琪來說，那些粉紅色縫線帶着特別的回憶。那是安琪、松露和可蕾雅克服了各種困難，以及培養出堅固友誼的證據。

「不過啊，就這樣放着那些線是很容易丟失的，所以……來！」老爺爺邊說邊在口袋裏拿出一條粉紅色手繩。

「嘩，好漂亮……」安琪目不轉睛地盯着手繩。

「我把那些線織成手繩了，你不會嫌我多管閒事吧？」老爺爺笑着說。

「不會不會，我好開心啊，謝謝你！老爺爺你什麼都會，像懂得魔法一樣啊！」安琪立即拿過手繩，綁在左手腕上，想：可蕾雅，這樣我們就是一直在一起了！

「你開心就好了！那麼我也去收拾一下這些東西了。」老爺爺邊說邊提起一箱看來很重的玩具，可是……

「唏……啊啊——好痛……」老爺爺蹲在地上按着腰喊。

「老爺爺，你沒事嗎？」

「沒事，最近有點腰痛，我年紀也不小了。」老爺爺笑着說，可是安琪卻很擔心。這家店好像只有老爺爺在經營，店裏所有事情都只有他一人在忙。

這個時候……

「店長！你沒事嗎？」

店鋪深處一道門被用力打開，一名少年慌張地跑出來，扶起老爺爺：「店長你真是的，請你不要再勉強自己了！搬重物時要告訴我，我會幫你搬的啊！」

「哎呀，總是要你幫忙可不好意思呢，嘉爾。」

「嘉爾？」安琪感到很意外，瞪大了眼睛。

少年終於發現了安琪他們，轉向老爺爺，問：「店長，這兩位是……」

「他們是店裏的客人，兩個都是開朗又坦率的乖孩子啊。」

「哦，就是店長你常提到的兩位……」少年恍然大悟，點了點頭，然後轉向安琪和小路輕輕一笑。

「你們好，我是三天前來到這裏當兼職的嘉爾，請你們多多指教。」嘉爾說畢，爽朗地笑了笑。

看着嘉爾的笑容，安琪不知怎的心跳加速了一下。他纖瘦高挑的身形，黑髮配上清秀的雙眼，簡直就像童話故事裏的王子一樣。

「呃……你、你好，我是安琪，他是我的弟弟小路。」安琪緊張地自我介紹後，嘉爾稍微彎下腰來，配合安琪他們的視線。這下子，兩人靠得更近，令安琪更加緊張。

「安琪和小路是嗎？你們兩個是小學生嗎？現在正在放暑假吧？」

「是、是的！我們正在放暑假。」安琪答。

「我是高中生，現在也是因為放長假，所以來當兼職。今天碰到像你們這麼可愛的客人，還真幸運啊。」

「咦？你、你說我們可愛嗎……」

聽到嘉爾回答了一句「是的。」安琪更加面紅耳赤，老爺爺在旁邊呵呵笑着。

「他在附近的高中上學，剛巧看到我張貼招聘兼職的單張就立即來幫忙了。他工作很勤快，真是幫了大忙。」老爺爺解釋說。

「原來是這樣嗎？有人幫忙真是太好了，老爺爺！」安琪放心地呼了口氣。

爸爸終於來到了，安琪和小路跟着他步出玩具店。

「再見了，老爺爺、嘉爾！」安琪回頭說。

「再見，有任何問題，歡迎隨時再來啊！」老爺爺說着，就和嘉爾送安琪三人到店外。安琪和小路一邊揮着手，一邊與爸爸並排走在大街上。

安琪心裏想着：今天怎麼遇上這麼多好事，松露的手臂修好了，還遇上了嘉爾！

安琪想着想着就以輕快的小碎步走起來，還用鼻子哼着歌。

「咦，安琪你今天心情很好啊，是因為修好了松露嗎？」爸爸問。

小路搶先代安琪回答：「不對！爸爸，姊姊是因為認識了嘉爾哥哥才這麼開心啊！」

「等一下，小路！你不要亂說話啊！」安琪急忙糾正胡說的小路。

「嘉爾？哦，剛才在店裏當兼職的男孩嗎？」爸爸問。

「對，姊姊一直呆呆地望着嘉爾哥哥啊。」

「我、我才沒有啊！」安琪紅着臉，輕輕捏着小路的臉頰。

「好痛啊，姊姊太過分了！」

「都怪你亂說話，我是因為松露修好了才開心起來的！對吧，松露？」

「好了好了，你們不要吵架了！」爸爸一邊走，一邊無奈地安撫嘈吵的姊妹二人。

當天晚上，安琪坐在自己的牀上，把松露放於大腿上。

「松露，你回家了，我現在就給你上發條。」安琪邊說邊輕輕伸手到松露背後的發條。這是松露給修補好並回家後，第一次被上發條，安琪不禁有點緊張。

咔！咔！咔！

安琪用力扭動發條三次後——

「你好啊，安琪！我回來了！我們有一星期沒見面了。」

松露一邊搖着頭，一邊彈跳起來。

「松露！真的太好了！你覺得手臂怎麼樣了？」

「很棒啊！看，像這樣轉動也沒問題啊。」松露邊說邊用力轉動左手給安琪看，「多虧安琪和卡露加路玩具店的老爺爺，真的很感謝你們！」

「嘻嘻，這下子，我又可以跟你一起冒險了！」安琪說罷，兩人相視而笑。

「好了……我們今晚到哪裏好呢？」松露一副興奮的表情問。

安琪點點頭，在書桌的抽屜中，拿出那小小的書本吊飾。

這個書本吊飾有着深紅色的漂亮封面，只要翻開想去的地方的那一頁，再唸出咒語，就可以前往那個世界，這是一個有魔法的神奇工具。

「唔……最近很熱呢，不如我們去有海的地方吧！」安琪說。

「嘩！會很好玩啊！」

「啊，不過，我對這一頁的精靈也很有興趣。」二人躺在牀上，像看旅遊雜誌那樣，翻動着書本吊飾。他們已很久沒有像這樣，在晚上出發去奇妙的世界冒險，所以感到很興奮。

「說起來，現在還不可以去甜點王國吧？」松露一邊翻書，一邊問。

安琪有點可惜地點點頭。

對，其實他們從甜點王國回來之後，一直想再回去見可蕾雅。可是，不論他們翻多少次頁，也再找不到甜點王國的一頁，明明那應該在眼前這頁的前後，卻只找到空白頁面。

安琪想到可能再也見不到好朋友可蕾雅，就變得垂頭喪氣，松露卻給予了她希望。

「不要傷心，安琪。因為我們用了書本吊飾這一頁的魔法，所以它的頁面才消失，暫時無法讓我們前往那個世界。但是，待魔法力量恢復後，我們一定能再去甜點王國啊！」

安琪深信松露的話，所以每天都會翻開書本吊飾中的那一頁來確認它的狀況，等待它回復原狀。

「你說得對，我剛剛看到，書裏真的稍微浮現了甜點王國的頁面了！」

「那麼，我們應該很快就可以再去了！」松露微笑着回答，「在書頁再次出現之前，我們先到其他世界冒險吧！」

「那麼，就到有海的地方吧！我想跟海豚一起游泳啊！」安琪說。

「好，那我們就打開這一頁吧……安琪，你先蓋上被子吧……」

「好的！」

他們就像上次那樣，一起躲進被窩中，翻開書本到想前往的那一頁，然後一起唸咒語。

「登地姆．登湯姆．卡杜拉達！」

就在他們唸完咒語的一刻——

「喀噠」一聲，房門被打開了。

「姊姊！你看你看，我的小黑……」弟弟小路抱着他心愛的熊貓布娃娃，突然闖進了安琪的被窩。

「小路？為什麼……」安琪嚇了一跳，可是已經來不及了。小路跳上牀的瞬間帶來龐大彈力，令書本翻了起來，他們幾個就這樣被光芒包圍着……

2 到達動物王國！

安琪、松露和抱着熊貓娃娃的小路輕輕降落在黃金色的草原上。

呼嘩呼嘩～～

由觸碰到地面的腳尖開始，彩虹色的光逐漸將安琪和小路包圍；被光覆蓋的睡衣，變成了野外探險家的服裝了！

「嘩！嘩？這是怎麼回事？好厲害啊！」首次體驗到魔法的小路興奮地説着。

「姊姊，這是怎麼回事？該説，這是什麼地方？就像非洲的熱帶草原一樣啊！」

「呃……唔……小路，你先冷靜下來再説！」安琪説，她在心中不禁暗暗歎了一口氣。想不到弟弟竟然會闖進了自己的魔法冒險之中！而且他還弄亂了魔法書本吊飾的頁數，來到不是自己預想的地方。

該怎麼辦好？安琪抱着頭感到很苦惱。

「安琪，事情竟然變成這樣子了……」松露在安琪的懷抱中，對她小聲地耳語。

「嗯，對啊，想不到會帶了小路一同過來……」

「怎麼樣？先回去再說？要是回去的話……」

正當安琪跟松露商量着，小路突然高聲大叫：

「啊！啊！松露在說話！松露在說話啊！」安琪他們被嚇了一跳，一起轉頭看小路，發現他張大了口正在盯着松露。松露立即閉口不再說話，可惜一切都已經太遲了。

「我看到了！我肯定剛剛松露在說話啊！為什麼？為什麼布娃娃會說話？」

「小、小路，你冷靜點，我會解釋一切的……」面對小路的猛烈追問，安琪有點招架不住。

就在這個時候……

「唉——真是的，你們究竟是怎麼回事？『在人類面前不可以動』，這是玩具世界的鐵則啊，你怎會這麼輕易就讓人類知道了秘密？」

一把沒精打采的聲音，傳入了三人的耳朵。

「是……是誰？」

三人嚇了一跳，四處張望。

「這裏啊，這裏。我在這個小豆丁的懷裏。」小路的懷抱中傳來了聲音。

大家向那個聲音的來源一看，原來是小路最喜歡的熊貓娃娃在揮手！

「小、小黑！你會說話的嗎？」小路大叫，眼睛睜得圓圓的，看着臂彎中的熊貓娃娃——小黑。

「對，我會說話啊，我本來就有動力裝置，而且還會動。」小黑回答說。

「真厲害！等一下，我現在放你下來，我想看你動起來！」

小路興奮地把小黑輕輕放在地上，小黑一臉無奈地歎口氣，就慢慢步行起來。

「嗚嘩，真的會動啊！竟然不用上鏈也會動……真厲害啊，小黑，你果然是最棒的！」小路非常高興，緊抱着小黑，並用面頰磨蹭着他。

可是，小黑卻擺出一副嫌棄的樣子，說：「喂，你不要黏着我！我討厭跟人類變得友好。」

「『友好』是什麼意思？」

「就是不必要地與人類過分親近。你聽好了，我和你只是布娃娃和主人的關係，就這樣而已。」小黑說完，還用鼻子哼了一聲，令小路感到失望而變得沒精打采。

「小黑你真是的……你還真固執啊。」松露有點無奈地說，「你聽到小路讚美的話，其實很開心吧？」

「什麼？才沒有這回事啊。我說你啊，把布娃娃的

秘密說出去才是大問題吧？還有，現在是什麼狀況？怎麼被窩裏面會變成熱帶草原？」聽到小黑的話，小路也點頭認同。

安琪和松露對望了一下，到了這個地步，也只好把魔法的事情從實招來。

「唔，其實……」

安琪和松露把書本吊飾的魔法以及松露的秘密都一一告訴小路和小黑。

「原來如此……這樣就說得通了。我就想，為什麼這傢伙明明沒有動力裝置，卻可以活動。」小黑斜視着松露說。

「小黑身上有『動力裝置』嗎？」小路問。

「有啊，我的身體裏本來就裝有真的發條和齒輪。可是，這傢伙只是一隻普通的布娃娃，只因為有魔法發條代替了動力裝置，他才可以動起來。」

看到小黑一副瞧不起人的模樣，安琪感到有點生氣：就算有動力裝置，也不是那麼值得驕傲的事情吧！

但松露好像完全感覺不到小黑對他的嫌棄，還自豪地說：「對啊，而且必須是與自己心意相通的人，才能扭動這發條。安琪給我上了發條，我就能動起來，這就是說，我和她是『命中注定的朋友』！」

「對對，我們真的是心靈相通，就連心靈感應也能做到呢！」安琪得意起來。

可是，小黑聽到後卻嗤之以鼻，說：「命中注定？哼，真虧你們說得出這麼令人難為情的詞語。」

「才不難為情，你和小路相遇也是命中注定的吧？」松露直白地說。

松露的話，令小黑有點接不上話：「才……才不是，我才沒有這樣想過……」

「我是這樣覺得的啊，小黑！我們是命中注定的！對吧？」小路乘機想抱起小黑，可是小黑早已洞悉主人的想法，立即避開了。

「嗚嗚……小黑好冷漠啊……」

「是你太黏人了！」

「唔——這兩個人的關係，說不定是意外地友好呢？」安琪和松露看着小路和小黑你追我趕，笑着說。

「好了，大家終於冷靜下來了，接下來要怎麼辦？」松露問。

大家抬頭看着松露，而小路和小黑因為剛才的追逐，還氣喘吁吁的。

「唔——我們的確是因為失誤才來到這裏，可是，既然都來到了，我想探險一下！」

聽到安琪這麼說，小路立即點頭附和：「對，我也贊成！來吧，我們快點去冒險！」

話沒說完，小路已經心急得邁出腳步。

「看！那邊有斑馬羣和牛羚羣啊！牠們一定是因為大遷徙而要渡河了，我想走近一點看啊！」小路的眼睛亮起來，指着遠處的河川說。

聽小路這麼一說，安琪才想起弟弟很喜歡動物。只

要他有空閒時間，就會看動物圖鑑，或者出外去觀察野鳥、昆蟲。所以這個世界對他來説，就如一座寶藏山。

安琪心想：如果這是小路想去的世界，那麼這兒就是……

「安琪、各位！過來這邊的小山丘看看啊！」

聽到松露的叫喊，大家都走到小山丘，在他們眼前的是——

「是動物王國啊！」

放眼所見，盡是草原。在草原之上，又長滿了相思樹；一條河流貫穿了大地，像是把它割開了兩半。遠處還可以看見幽深鬱蒼的森林、乾涸的沙漠、被白雪覆蓋的山脈。

而且到處還有各種各樣的動物，如大象、長頸鹿、斑馬、鴕鳥等等！

「嘩！好厲害啊！松露、小路、小黑，我們該由哪裏開始探險？」安琪興奮地轉向大家問道。「咦？怎麼有一個人不見了？

「咦？小路呢？」

「對啊！什麼時候不見了的？」松露說。

「哎呀哎呀……那個小豆丁按捺不住，先行一步了嗎？」小黑說。

安琪慌忙向小山丘下望去……果然發現了！他們看到一頂小小的帽子在草原上像子彈一樣飛奔着。

安琪不禁掩着臉説：「小路那個笨蛋……」

「沒法子了，我們也立即起行吧！」三人匆匆忙忙趕去追小路。

這個時候，另一邊廂……

「嗚嘩——好厲害，好厲害啊！是真的野生動物啊！」小路獨自在草原上興奮地四處奔走。對喜歡動物的他來說，眼前的景象就如夢一樣，令他難以抑壓心中的興奮。

「在那邊的是非洲象，牠旁邊的是網紋長頸鹿……啊！那是湯氏瞪羚！岩石上的是……不是吧！連白犀牛也有？好棒啊，這裏有很多在動物園也沒見過的動物啊！」小路激動得大叫。

「吵死了。我在吃東西，你可以安靜點嗎！」

一把低沉得似是地裂的聲音，從小路的頭頂傳來。

小路嚇了一跳並向上望……竟然有一頭非洲象一邊

咀嚼着樹葉，一邊盯着他看。

「剛……剛才是你發出聲音？」

「當然。喂，你站在那裏，我會踩到你的，快點讓開啊。」

大象露出一副感到困擾的樣子，牠搖動了一下長鼻子後，又再開始吃東西。

小路聽了大象的話便離開了，但他卻禁不住興奮地想：大象竟然會說話……不對，是我竟然聽得懂大象的話啊！

實在太興奮了，小路開始奔跑起來。他邊跑邊想：難道這裏所有動物也會說話嗎？那麼我有很多問題要問牠們啊！怎麼辦……我發現了連動物圖鑑也沒記載的事情啊！

小路已經興奮得忘乎所以，整個人就像在空中飄浮，不停跑跑跳跳，當然沒有好好注意地面。正當他興奮得跳起，落地時卻突然踩到了些東西。

「嘩！」

一聲尖銳的慘叫，終於令小路停下來了。

「好痛！喂，小子，是你做的嗎？就是你踩到我最珍貴的尾

巴嗎？」

在小路面剪慢慢站起來的，是一頭肉食動物——豹，體型是他的兩倍。牠豎起了背上長毛，露出獠牙，看來相當憤怒，小路嚇得臉都青了。

「對、對不起……是我不小心……」

「不能饒恕啊！難得我正在午睡，你竟然吵醒我！」

牠邊發出「吼……」的低吼聲，邊走近小路。不一會，小路已被逼至相思樹下了。

「你真夠膽量啊，我就由頭開始吃掉你吧！」

豹露出的牙齒在閃着寒光，小路害怕得緊閉着眼睛。可是，過了很久，他也沒感覺到豹撲過來襲擊。

「嘩！嗚嘩！」

聽到狼狽的叫聲，小路戰戰兢兢地張開眼。他看到的，竟是捲着尾巴逃跑的豹，和一頭對着豹發出低吼聲的年輕雄獅。

獅子回頭望向害怕得發不出任何聲音的小路。

「你沒事嗎？沒受傷吧？」

「我……我沒事……」

「幸好趕得及。我已把那頭豹趕走了，你放心吧。」

「謝、謝謝你……」

「小路！」

這個時候，安琪他們用盡氣力跑過來，終於都追上小路了。

「你沒事嗎？真是的，媽媽不是總教訓我們，自己一個先走會很危險的嗎！」安琪因為太擔心小路，禁不住生氣起來了。

小路垂頭喪氣，低聲說：「對不起……我不會再這樣了……」

「真是的，沒事就好了……」正當安琪鬆了一口氣的時候，松露輕輕地碰碰她的手。

「對呀，那頭豹差點就要施襲了，牠要是真的出手的話，你可糟糕了。豹和鬣狗常在這一帶出沒，你們要小心點。」

聽到獅子在說話，安琪他們嚇了一跳，看着獅子大喊。

「獅、獅子……在說話？」

3 奇妙的兄弟——尼古和洛歌

「大家聽我說啊！這個世界的動物懂得說話啊！剛在那頭大象也在說話……」小路剛才沒精打采的樣子早已消失，變得充滿活力地解釋着。這時，松露對獅子說：「是你救了小路嗎？真的很感謝你！」

「不，沒事沒事，我正巧結束了旅途，是在回家路上偶然碰到這事而已。」

獅子微笑着說。這頭獅子很年輕，頭上的鬃毛還沒完全長出來，可牠卻有着瀟灑的臉容和穩重的氣質，笑起來更添一份温柔。

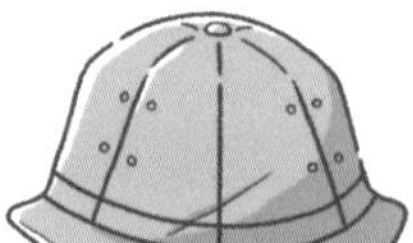

「我得先自我介紹呢，我叫安琪，多多指教啦！」

「我是松露！」

「我是小路！這是我的好朋友小黑！」

「喂！不要隨便把我當成你的好朋友！」

「啊哈哈，真是熱鬧的一家人啊！」獅子從喉頭發出了笑聲。

「可以請教你的名字嗎？」安琪問道。

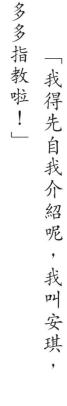

「哦，我叫尼古路斯，叫我尼古吧。而這位是……喂，躲夠了吧？快出來啊，洛歌。」

獅子尼古説着並看向天空，一頭像黑寶石的鳥兒從相思樹上怯生生地飛下來了。

「尼古，真的沒問題嗎？豹跑到哪裏去了？」

「我把牠趕走了。真是的，這麼膽小。對了，這頭在樹上害怕得顫抖的小掩鼻風鳥，名叫洛歌。」

這頭叫洛歌的小掩鼻風鳥慎重地左看右看，把附近範圍都看清楚，確認了沒有危險後，再慢慢拍翼，飛到尼古頭上，牠咳嗽了一下説：「你們好，我是洛歌！

「嘿嘿，那邊的四隻生物，你們聽好了，本大爺就是『東部森林的跳舞王子』！」

洛歌在尼古頭上擺出一副威風的樣子，大家都看得傻眼，這時尼古歎了口氣向大家道歉：「對不起，洛歌就是這樣子……」

「喂，尼古！『這樣子』是什麼意思啊！我的舞蹈，在東部森林……不，在這個王國可是最美妙的……不是嗎？」

「是的是的。」面對洛歌的氣勢，尼古沒好氣地回應。

「你好啊，洛歌。你跳舞一完很厲害了，可以讓我們欣賞一下嗎？」

洛歌聽到安琪的要求，立即雙眼發光，說：「**噢，好啊好啊，你說得真好！那我就為了紀念我們的相遇，特別表演我的獨門舞蹈！**」洛歌說完，就飛到附近的岩石上，啪的一聲張開了翅膀。大家都靜心等待着，想知道究竟洛歌會為他們跳出怎麼樣的舞蹈。

「**好……三、二、一！**」話沒說完，洛歌用力振動右翼，遮住嘴巴，擺好姿勢。

他胸前的鈷藍色羽毛在全黑身體的映襯下，顯得更耀眼。他有節奏地踏出舞步，接着振動左翼遮擋嘴巴。

洛歌再一次振動右翼，然後又到左邊。不停右、左、右、左地振翅……並逐漸加快節奏。

沙沙！沙沙！

「好厲害啊！」

安琪、松露和小路都很欣賞洛歌既優美又獨特的舞步。在洛歌左右移動時，他胸口鈷藍色的羽毛看起來就像寶石般閃爍，非常漂亮。

「哼哼……我的舞蹈怎麼樣？」

洛歌表演完畢，喘着氣問大家，而大家則以熱烈的掌聲回應。

「真的很美妙啊！你跳的舞像是閃着光芒啊！」

「好帥氣啊！」

「嘿嘿，是吧？雖然我本來就這麼厲害，但我也是有認真練習的。」面對大家的讚賞，洛歌高興得羽毛也顫抖了。

可是，尼古卻給予了嚴厲的評語，說：「嗯，是比之前好了點，可是，我還是看到你的嘴巴。」

「咦？不是吧？又是這樣嗎？」

「大概在第七次、節奏加快的時候，我稍微看到了。」

「嗚、嗚啊！我、我還未能完美做到嗎！」洛歌垂頭喪氣。

安琪他們不明白洛歌為什麼這樣失望，問：

「呃……剛剛的舞蹈有什麼問題嗎？」

聽到安琪這樣問，洛歌雙眼凝住淚水，點點頭說：

「是的，這支舞蹈是絕不可以讓觀眾看到嘴巴的，讓人看到的話，我就……」

「你就會怎樣？」

「會被女孩子嫌棄啊！」

「……什麼？」大家再次聽得傻了眼。

尼古苦笑着解釋：「其實，這支舞是雄鳥取悅雌鳥的一個測試，如果被稍微看見了嘴，就會被雌鳥取消資格，所以雄性的小

掩鼻風鳥都會拚命練習跳舞。

「我知道！這是『求偶行為』啊！」小路看準機會，向大家炫耀從動物圖鑑上學到的知識。

「對對，洛歌很容易喜歡其他雌鳥，但他卻完全交不上女朋友，至今為止已連續失敗九十九次了……」

「喂、喂，尼古！你答應過我不告訴別人的！」洛歌慌張地想掩住尼古的嘴，惹得大家哈哈大笑。雖然尼古和洛歌是不同種類的動物，但他們開心地鬥嘴吵鬧的樣子，就像年紀相近的兄弟一樣。

「哈哈，你們的感情真好啊！」安琪笑着說。

尼古和洛歌立即有點害羞地點頭。

「因為我們是一起長大的啊。」

「對啊，尼古就像我的弟弟，雖然他體型比較大，會讓人覺得他才是哥哥。」

「說起來……」洛歌繼續說，「你們是我從沒見過的動物啊，你們是什麼物種？」

「對對，我也很好奇，那兩隻小小的是熊和熊貓吧？」尼古也很感興趣地望着安琪他們。

「你答對了松露和小黑的物種！而我和小路——是人類啊。」

「人……類？我沒聽過啊。」

「是人參的同類嗎？」

聽到安琪的話，尼古和洛歌歪着頭思考。

安琪四人面面相覷，安琪說：「這個世界果然沒有人類嗎？」

「不過，說我們是猿猴的同類不就行了嗎？」小路說。

「原來如此，你們是古怪的猿猴！」洛歌聽到小路的話後用力點頭。

「說到古怪，尼古也是呢。獅子明明是肉食性動物，為什麼會救我？」

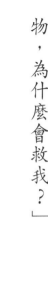

尼古聽到小路的話，有點為難的樣子說：「是的，『一般獅子』應該都是吃肉的，可是我……我們不是一般的動物，我們自小跟父母失散，在東部森林孤兒院跟那兒的兄弟姊妹一起成長。所以我都不吃肉，或者該說，我沒有吃肉的習慣。」

洛歌邊用尾巴的羽毛拍着尼古的頭，邊說：「而且啊，這傢伙人太好了，為了生存而吃肉本來就沒有錯，但他就是看不過眼肉食動物被稍微刺激一下，就胡亂傷害弱小動物。真是的，我早就叫了他不要管你們啊。」

「原來如此……但也多得這樣，我才得救啊！」

聽到小路這樣說，洛歌也繼續開玩笑地說：「**哈哈，真的，還好尼古是頭古怪的獅子啊！**」

「**如果這麼說的話，洛歌你也很古怪啊！**」

「哈哈，我們全都是古怪的動物！」

聽到小路的話，大家都笑了起來。

「**好了，我們也得走了，家人都在等着我們回去。**」聊得差不多，尼古站了起來。

「說起來，你之前說是結束了旅途回來，是去了怎樣的旅途呢？」松露問。

尼古點着頭回應：「啊，那是一趟很長的旅程，我們用了一個月時間，走遍了東部森林和北部山脈……可結果什麼情報也找不到。」尼古說完，像陷入了思緒之中，「……其實我們還沒達到旅程的目的，不過，為免留在家中的家人會擔心，所以我跟洛歌決定先回來看看。」

「你們旅途的目的是什麼？」安琪問。

尼古看着安琪他們說：「你們不知道在這裏生活的動物，正被一種神秘疾病威脅着嗎？」

「神秘……疾病？」四人異口同聲問道。

尼古點點頭說：「嗯，大約在兩個月前，我們所住的東部森林也開始出現患者了。他們的軀幹會出現紫色斑紋，然後逐漸擴散至全身，同時手腳會麻痺，失去食慾，導致身體逐漸變得虛弱。但大家對這個病的成因和治療方法也一無所知。」

「怎會這樣……」大家都答不上話來。在這個動物樂園，竟然有着這麼可怕的疾病！

「一個月前，我們新的家庭成員——松鼠美美來到後立即就發病了，為了找出治療她的方法，我們就踏上旅途。」

「正是這樣。只有這傢伙自己一個，實在不可靠啊！」洛歌挺起胸膛說。

尼古苦笑說：「你還有膽說，明明整趟旅程你都黏着我才夠膽睡……」

「你你你……你真囉唆啊！」

看着漲紅了臉的洛歌，松露說：「謝謝你告訴我們，不過我們也不清楚這個病。安琪……」

安琪回答說：「嗯，如果有我們幫得上忙的事情，我們會盡力相助的！」

「我也是！因為你們是我的救命恩人！」小路也跟着說。

「你應該說『救命恩獸』才對吧。真是的，又惹上這種麻煩事了……」看着小路一副衝勁的樣子，小黑聳聳肩說，但也沒打算阻止他們。

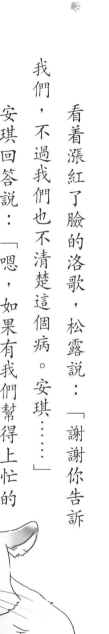

「謝謝大家……你們的心意，讓我很高興啊。」尼古像是看着刺眼的太陽那樣，眯起了眼睛說。

「對了！如果你們不介意，要跟我們的家人見面嗎？媽媽知道有客人來，一定會很高興啊！」

「哦，這主意真好。媽媽煮的飯菜是世上最好吃的！哈，只是想像一下也餓了。」

聽到尼古和洛歌的提議，安琪她們立即雙眼閃爍起來，一起點着頭說：「真的嗎？我們去，我們去！」

4 東部森林孤兒院

安琪四人跟着尼古和洛歌步行了數小時，終於到達東部森林。

跟剛剛廣闊的大草原不同，這裏四周都被樹木覆蓋着，走在森林裏有點暗，不時又傳來鳥兒的叫聲。大家邊用手撥開茂密的草葉，邊走在不成形的道路上。

「**看到了！你們看，就在那巨大的樟樹根下面。**」尼古用鼻子指着前面說。

大家看向前面，只見一棵比其他樹木大了一圈的樟

樹，它的根部有一個洞穴，安琪他們恰好可以穿過。

「**太好了！回來了！一個月沒回家了！**」洛歌大叫着，在空中打了一個轉，「**唏！媽媽！各位！我們回來了！**」

「**嘻，洛歌真吵。好，我們也進去吧。**」

「嗯！」

洛歌已經一個勁地拍動翅膀飛進洞穴裏去，尼古和安琪他們也急忙追着他鑽進去。

在洞穴走了一陣子，安琪在心裏「哎呀」叫了一聲。因為要再往前走，就必須在地上爬才可以通過。不過他們走着走着，道路就變回寬敞，連安琪站起來步行也不會碰到天花板。

「**前面就是我們的食堂了。**」尼古說

道路的前方，透出暗淡的光線。大家來到了一個廣闊大廳，難以聯想到它是在泥土之中。

大廳的天花板上開了數個小孔，地面的光線會經由小孔柔和地照射進來。大廳的中央放置了一張由石頭堆砌成的長枱，還配有小小的石椅子。

在這個大廳內，大小和物種都不同的動物孩子在四處嬉戲玩耍。

「啊！尼古、洛歌！你們平安回來了！」一把聲音從食堂的深處傳來。放眼望去，一頭狗獾滿臉溫柔地張開雙手，走向尼古和洛歌。

「媽媽！」兩人異口同聲高叫，並且直接飛奔到她的懷抱之中。

「你們兩個回來就好了，旅程很辛苦吧？沒受傷真是萬幸！」

「我們回來了！媽媽，你看來也很健康，我們就安心了。」尼古和洛歌從喉頭發出呼嚕聲音，又用頭蹭着狗獾媽媽。

「媽媽，我來給你介紹，這是我們在旅途中認識的朋友。」尼古邊說邊轉向安琪他們，嚇得他們慌張地立即站直。

「你、你好！我叫安琪，這是我的弟弟小路，另外兩個是我們的朋友松露和小黑。」

「哎呀，真是可愛的客人啊！」狗獾媽媽雙眼放光，認真地看着四人，「歡迎你們光臨！我是瑪莉，是大家的媽媽。啊，該怎麼辦？難得有客人來到，我可沒有什麼準備啊。」

瑪莉媽媽想了一下之後，突然露出如花般燦爛的笑容說：「對了！我特製的紅莓汁和果實餡餅還剩

下了一點，就拿出來給大家品嘗一下吧！尼古、洛歌，來幫我忙吧！」

瑪莉媽媽說着，走到食堂的深處，拿出竹葉杯和一個很大的餡餅說：「**來，大家坐下吧，走了這麼多路一定很累了。請享用吧！**」

「嘩……謝謝你啊！」

在瑪莉媽媽的催促下，大家都立即坐到長枱前。他們一直走了數小時，喉嚨早已乾涸，肚子也很餓了。

「我不客氣了！」

他們充滿活力地說完這句話，便開始吃起來了。

一口咬下去……

「唔唔……太美味了！」吃了一口餡餅的安琪，不禁讚歎。

這個餡餅散發着香氣，外皮鬆脆，內餡是滿滿的合桃和木莓，每次咀嚼，木莓的果汁及淡淡的甜味在口腔內擴散開去，加上安琪真的餓了，再給她多少個餡餅也吃得下！

「這果汁也非常好喝啊！」小路一邊舔着嘴巴周邊沾滿的果汁，一邊說。

安琪也喝一口果汁試試看，真的很美味呢！紅莓清新的酸甜，加上隱約的香濃蜜糖味道，實在是絕妙的配搭，好喝得像會令人升天。

「呼……我重生了……」松露呼了口氣說。

「哼，你的口吻真像個大叔啊。不過，這味道不差就是了。」小黑有點嫌棄地說，可是卻把碟上的食物吃得一乾二淨。

「看，我就說啦，媽媽煮的飯菜是世界上最美味的！」洛歌像是稱讚自己般自豪。

「嘻嘻，食物合你們的口味實在太好了！還有很多啊，你們要多吃點！」

「好的！」大家瞬間已經把食物吃光了。

吃飽後，眾人圍着長枱休息，尼古及洛歌開始說起這趟旅程。

「對不起，媽媽，我們最後還是找不到治療美美的方法……」尼古一副開不了口的樣子，向瑪莉媽媽報告。

瑪莉媽媽温柔地把雙手放在尼古的肩上說：「沒關係啊，尼古。只要你們平安回來，我就已經很高興了。而且，美美的情況改善了許多。」

「咦？真的嗎？」

「真的，所以你大可以放心了。」瑪莉媽媽微笑着說。

尼古也放下心頭大石似的，笑了起來。聽着他們的對話，安琪他們也覺得內心變得温暖起來。

「呵呵，說不定是我的特製湯對美美有效呢。」

「一定是這樣！喝了媽媽的湯，什麼疾病都可以治好！」洛歌高興地拍拍翼。

瑪莉媽媽摸着洛歌的頭說：「說起來，如果長老來到的話，一定要讓他喝喝我的湯。不知道他現在身處什麼地方呢？」

「長老是誰？」安琪歪着頭問。

尼古和洛歌立即解釋：「長老是非常有學識的貓頭鷹，他在我們和媽媽出生以前，就已經住在這個森林裏很久了。他總是四處去遊歷，偶然會在孤兒院露露面，我們也見過他幾次。」

「對啊，長老很厲害的！他知道這個世界的所有事情！」

「啊……竟然有這麼厲害的人，不，是貓頭鷹！」安琪佩服地說。

尼古伸展着身體，吐了口氣說：**「是的，如果可以見到長老就好了。關於這個神秘的疾病，他一定知道些什麼……」**

瑪莉媽媽聽着也點了點頭表示同意，說：**「對啊，如果我運氣好，能碰到他，也想問候他呢。」**

被媽媽撫摸着頭的洛歌一副舒服的樣子，打了個大大的呵欠說：**「呼啊……我突然感到好睏……」**

「我也是啊……呼啊……」可能被洛歌傳染了，小路也打了個呵欠。

看着他們兩個，安琪的眼皮也越來越沉重。

「**嘻嘻，看來大家都睏了，因為經歷了很長的旅途吧？**」瑪莉媽媽説着，溫柔地向着安琪他們幾個微笑，「**各位，你們就好好休息吧，我已經在尼古和洛歌的房間鋪好稻草給你們睡覺了。**」

「太好了，謝謝瑪莉媽媽！」

「呼呵，晚安了……」大家說完就跟着尼古他們走到房間，躺在柔軟的稻草上。不知是否太疲累了，安琪他們感到濃濃的睡意。被稻草的氣味包圍着，大家都安心地入睡了。

怎麼**毛茸茸**的？還有**嘶嗦嘶嗦**的聲音？

「嗚呀，啊……好癢啊……」安琪感到有些軟毛觸碰她，便睜開了眼睛。

清晨的陽光透過天花板上的小孔照射進來，把房間變得微微透亮。

而在安琪眼前的，是四頭毛茸茸的生物。正當睡眼惺忪的安琪凝視着這堆毛茸茸的東西時……

舔——

「嗚嘩！」安琪的臉被舔了一下，嚇得她尖叫起來，慌慌張張地擦着眼睛坐起來。

「**啊！貪睡的姐姐起牀了！**」

「**起牀了！**」

原來，在安琪身邊的，是四隻動物孩子，分別是兔子、松鼠、狐狸和飛鼠，他們全都用又大又圓的眼睛看着安琪。

安琪心裏呼喊着：好、好可愛啊！

這些細小又毛茸茸的動物孩子就像天使那般惹人喜愛！光是看着他們，臉上就會不自覺地泛起了笑容。

「貪睡的哥哥也快點起牀啊！」

「貪睡的小熊也不要睡啦！」

在這些惡作劇小孩的吵

鬧聲之下，松露和小黑都逐一醒過來了。

這時候，連接着食堂的洞穴傳來了香氣，大家的肚子立即咕咕作響。

瑪莉媽媽走進來說：「**各位早安啊，我已經準備好早餐了！**」

大家又再圍坐在食堂的長枱邊，和睦地享用早餐。吃過早餐後，動物孩子聚集在安琪他們的椅子旁。

「**姐姐，我們一起玩啦！**」

「**一起玩一起玩！**」

「好啊！要玩什麼？」安琪點點頭，動物孩子們都一起歡呼。

「捉迷藏！」

「在外面的森林玩捉迷藏！」

「尼古先做鬼，去抓我們吧！」

「喂喂，你們不要私自決定啊……不過算了，好！那我數到三十，你們要躲好呀！」

「快點快點！尼古的鼻好靈敏的啊！」洛歌說完就飛出食堂了。

其他小孩也吵吵嚷嚷地擠擁着要離開洞裏，往外面跑。

「喂，你們不要走太遠啊！還有，不要阻礙到

其他動物啊！」瑪莉媽媽大聲呼喊着，可誰也沒在聽。

她歎了一口氣，對安琪苦笑着説：「**真抱歉，可以拜託你幫我看着他們嗎？我有些必須要處理的事情。**」

「好的，就交給我吧！」安琪爽快地答應了。

「啊，你去吧，我要在這裏休息。」小黑擺着手，可是小路卻死命把他從椅子上拉起來。

「不行！小黑你也要一起玩！」

「我就在這附近就行了！唉……真是的，好啦好啦！」小黑勉強被拉進來，安琪他們一行四人就一起走向地面了。

5 魯魯多泉的傳說

走出洞穴的四人，分開成安琪和松露一組、小路和小黑一組跑開了。

「這邊的樹木比較茂密，應該不容易被發現吧！」

「啊，那邊的樹影處又怎麼樣？」安琪和松露一邊提出意見，一邊找尋躲藏的好地方。超級合拍的二人一旦合作起來，就無所畏懼。

突然，安琪聽到一個奇怪的聲音。

噗噗 噗噗 噗噗

「這是什麼聲音？」

「安琪，我們走近點看看吧！」

兩人撥開樹叢的草葉，向着聲音的方向前進。

揭開藤蔓，安琪和松露被映進眼簾的景色嚇呆了。

藤蔓後面是一個開滿漂亮野花的草地，上面有很多動物躺着休息；草地的四周長滿了大樹，中間卻開了個大洞，可以看到一片藍天。一條細小的河川在草地上流動着，把照射於水面上的日光反射成閃爍的粼光。

「好漂亮啊……」安琪陶醉在美景中自言自語。

認真地傾聽聲音來源的

松露指着遠處草地説：「安琪，噗噗聲是從那邊傳過來的。」

安琪抱着松露走近那聲音來源，他們發現了一個被密林遮蔽的泉眼，正源源不絕地湧出清澈的泉水。

「原來那是泉水湧出來的聲音嗎？」安琪一副恍然大悟的樣子，並點着頭說。

「咦？我沒見過你們呢。你們也是聽了魯魯多

泉的傳說，所以來療養的嗎？」

安琪身後傳來了聲音。回頭一看，原來是一頭鹿在跟他們說話，他的頭上長着很有氣勢的鹿角。

「不，我們只是剛好經過這裏而已……」安琪回答說，同時又對鹿所說的話有很多疑問。

「你說的療養是什麼意思？還有，『魯魯多泉的傳說』又是指什麼？」松露不愧跟安琪心意相通，他立即就向鹿提問。

鹿點點頭，說：「你們知道那個疾病吧？就是最近在這一帶出現的怪病。其實我也染上這怪病了，為了治病，我就來這兒療養……療養是指在

良好的環境休息和治療，讓身體恢復健康。」

鹿勉強地笑了笑。仔細一看，他的身體上到處都是紫色斑點。

「大家都不知道這個病的起因和治療方法，但聽說在魯魯多泉旁邊休養，情況就會有改善。我可是從很遙遠的北部森林過來的。我想，在這裏的動物都是患上了那個怪病的。」

聽過鹿的說話後，安琪答不上話來。在這裏的動物竟然全都受到那怪病的煎熬！

仔細一看，這裏有各種各樣的動物，例如住在森林的兔子、狐狸、熊；住在草原的長頸鹿、豹、斑馬；還有住在沙漠的駱駝、耳廓狐等等。他們全都忍受着身體上的痛苦，由遙遠的地方來到這裏。看着無力地俯伏在地上的動物，安琪覺得很心痛。

安琪擔心地問鹿：「大家看上去都很辛苦啊……你呢，你身體還好嗎？來到這裏，病情有好轉嗎？」

「謝謝你，還好我來到之後，症狀真的減輕了，身體已經恢復了很多。不過，最近很多動物

都因聽到這個傳聞而來，所以現在到處擠得滿滿的，要找地方睡覺也不容易。」

「原來如此……謝謝你給我解釋啊，鹿先生！」安琪和松露向鹿道謝，話沒說完……

「**找到了！**」

「**安琪和松露竟然在這裏！**」

動物孩子從樹叢後跳出來，他們後面還跟着尼古和已經被找到的洛歌、小路和小黑。說起來，安琪他們本來正在跟孩子們玩捉迷藏的。

「啊哈哈，被你們發現了！」松露說。

「我完全忘了我們在玩捉迷藏啊。」安琪有點不好意思地說。

「什麼？」

安琪撓撓頭，向孩子們道了歉。

小路對草地上的動物大感興趣，「姊姊、松露！這裏是怎麼回事？怎麼棲息地完全不同的動物，會混雜在一起？」他高聲問。

「噓——不要這麼大聲，小路。大家都在休息。」

安琪用姊姊的口吻教訓他後，便與松露把從鹿的口中聽來的事情告訴小路他們。

「原來如此。可是，『來到魯魯多泉旁，怪病就會

改善』這不就是線索嗎？」小黑挑起一邊眉毛說。

安琪點頭回答說：「嗯，而且鹿先生在泉水附近，病情真的改善許多了。如果這個傳說是真的，說不定就會找到方法幫助受怪病折磨的動物了！」

「尼古、洛歌，你們以前知道這裏的傳說嗎？」松露問。

尼古搖着頭說：「不，我沒聽說過。在我們出發旅途之前，這裏都沒什麼動物來。在這麼短時間內竟然聚集了如此多動物……」

「我跟尼古經常來魯魯多泉打水的，沒想到在我們家附近就有治病的線索。」洛歌也感歎地說。

這個時候……

「哎呀，你們怎麼在這兒？不是去玩了嗎？」

一把熟悉的聲音傳來。

回頭一看，雙手抱着木通果實的瑪莉媽媽驚訝地看着大家。

「媽媽！」

「我們在玩捉迷藏，就找到安琪姐姐他們在這裏。」

「媽媽，那些木通果實是用來做什麼的？」

「哦哦，這個嘛……」瑪莉媽媽邊說邊走到伏在她附近的兔子身旁，拿出木通果實。

「來，請用。今天覺得怎麼樣了？」

「啊……總是麻煩你來照顧。有賴你的照料，我稍微恢復了食慾。」

「太好了！那我明天再拿食物給你。」

「謝謝你，你真的幫了我很大的忙。」

瑪莉媽媽跟兔子對話後，轉向安琪他們說：「**我就是這樣子分發食物給療養中的動物啊。畢竟，生病時很難自己去覓食吧？**」

安琪被瑪莉媽媽的善良感動了。

瑪莉媽媽不單養育失去親人的動物孩子，還為患病的動物準備食物！她真的很會為別人設想。

「我、我也來幫忙吧！」

「我也幫忙！」

「**我們也幫忙！**」

大家都爭相說要幫忙。瑪莉媽媽看到這個情況，開心得嘻嘻笑。

「謝謝你們啊！那麼，你們就來幫忙分配這些木通果實吧。」

「好的！」大家齊聲回應着，然後從瑪莉媽媽手上拿過木通果實，迅速分配出去。年紀較小的動物孩子把果實一個一個地拿，分配出去之前還會先打招呼，有禮貌地分發果實。看到這些孩子充滿活力的樣子，療養中的動物好像也變得精神起來。

「媽媽，還有一點點就分發完了。」

「以後你有什麼事情要做，也請叫我們來幫忙啊！」

聽着尼古和洛歌兩人的話，瑪莉媽媽安慰地笑了。

「謝謝你們，我好開心啊。尼古和洛歌你們之前明明還是小孩子，現在竟然長這麼大、這麼可靠了。小孩們，以後也要來幫我的忙啊——」

瑪莉媽媽的臉色突然變青，安琪看到她的樣子後，正在分發果實的雙手不禁停了下來。

「瑪莉媽媽？」安琪呼喚着瑪莉媽媽。

「——不過，在這些孩子長大成人之前，我要更加、更加努力才行……」像弦線「啪」一聲斷了一樣，瑪莉媽媽話沒說完就倒在了地上。

「媽媽！」

突然一陣風吹過，樹葉颯颯作響。而尼古悲痛的慘叫聲，響遍了平靜的東部森林。

6 踏上旅途

尼古、洛歌和安琪他們幾個，把暈倒的瑪莉媽媽送到洞穴的睡房裏去。

安琪把浸過冰冷泉水的手帕放在瑪莉媽媽的額頭上，她雖然閉着眼，可是表情立即放鬆了不少。

「嗚嗚……怎麼辦？連媽媽也染上怪病了嗎？」洛歌吸着鼻子，嗚咽道。

「不。」小黑聽到洛歌的話，開口說道，「她應該是過度勞累，因為她的身體上沒有紫斑，也沒有失去胃口，

跟其他動物的病徵不一樣。」

「小黑你好厲害啊，觀察入微！」小路很佩服小黑。

小黑聽到後，別過臉説：「這點小事可沒什麼大不了。」

「雖然説沒染上怪病是件好事，可是瑪莉

媽媽她在發高燒啊……她明明都這麼辛苦了，還一直去幫大家……」安琪擔心地說。

而一直沉默的尼古終於開口了：「媽媽一直在勉強自己……就是為了不讓我們擔心……」他凝住眼淚，勉強從喉嚨擠出一點聲音，輕輕說下去，「……我和洛歌是這個孤兒院裏最年長的，所以我們才肩負起責任，踏上旅途去查找怪病的起因，因為幼小的弟妹一定捱不住這麼長的旅程……但是，如果我們早知道事情會這樣……如果我沒有出發，如果我待在媽媽身邊幫忙，媽媽就不會……」

「尼古……」洛歌也沒了平時的活力，變得垂頭喪氣了。

這個時候，一直呼吸急速的瑪莉媽媽，雙眼睜開了一道縫。

「媽媽！」「媽媽！」

「尼古……洛歌……各位孩子，對不起，讓你們擔心我……」瑪莉媽媽說着，虛弱地笑了笑。

幼小的動物孩子也擔心地偷偷看着牀上的瑪莉媽媽，問：「媽媽，你沒事嗎？」

「嗯，我沒事，只是有點累而已，只要稍微休息就會好起來……」瑪莉媽媽虛弱地回答。

「媽媽，你不用再拚命努力了，以後的事情就

交給我們，你就好好休養吧。」尼古堅定地說。

瑪莉媽媽微笑着說：「**謝謝你，尼古。好啊，就交給你去處理吧……你已經完完全全長大了……**」說完，她又閉上了眼睛。

大家就這樣在牀邊守候着她，不知過了多久，終於聽到她真正入睡的微弱呼吸聲。

大家在不吵醒瑪莉媽媽的情況下，安靜地走到洞穴外面，思考接下來該怎麼辦。

「**……我會代替媽媽辦好所有事情，也會照顧孩子們，直至媽媽康復。**」尼古緩緩地說。

「這樣說，你們就不再去找出怪病的起因嗎？」安琪問。

尼古答：「嗯。」

「不過，難得終於找到線索……」小路一副可惜的樣子，小聲地說。

「也沒其他辦法了吧！」尼古突然放聲大叫，「就是因為我踏上了旅途，遠離家園，無法顧好這個家，媽媽才會生病的。她現在這種狀態，我怎能夠放着不管？而且孩子們也無法自己過活，我現在要成為大家的支柱才行啊！」

「大家只要待在泉水旁邊，身體就會慢慢好起來吧？那不就行了嗎？對我來說，孤兒院的家人比全國的動物更重要！」尼古激動地說。

大家都沉默起來，因為他們都深切地感受到他的痛苦。最先打破沉默的，是松露。

「尼古，你不用自己一個把所有事情都扛在身上的。你可能對自己離開了家園而感到後悔，但我和安琪，卻因為這些旅程才明白到，只要同心合力就能夠解決很多問題。」

聽到松露的話，安琪點頭表示同意說：「對啊，尼古，這裏不是有很多動物可以一起幫忙嗎？」

「**很多動物……在哪裏？**」尼古問。

「就在魯魯多泉那裏啊！」安琪邊說邊指着泉水的方向。

「**不過，那些動物都生病了，大家的身體都很虛弱……**」尼古說着話時，樹叢突然傳出沙沙的聲音，讓大家嚇了一跳。剛剛認識的鹿先生，竟在樹叢後方出現了。

「**我們聽說了整件事，可以讓我們也幫忙嗎？**」

鹿先生說完，他身後陸續出現了很多動物，全都是之前在魯魯多泉療養的動物！

鹿先生繼續說：「在這裏的動物已差不多康復，他們本來打算立即返回故鄉，但知道瑪莉媽媽勞累得暈倒了，紛紛表示可以暫時留下。雖然不是所有動物都來幫忙，但要照顧瑪莉媽媽、動物孩子和其他來

療養的動物，這個人手還是綽綽有餘的。」

「之前有賴瑪莉媽媽的照顧，如果可以報恩的話，我很樂意幫忙！」

「對啊，請隨便差遣我們吧，這是對美味的木通果實的回禮啊。」

各成年動物都開朗地笑着，表明了希望幫忙的心意。

有這麼多動物因為感激瑪莉媽媽的付出而願意幫忙，安琪既開心又感動：「尼古，你看！這裏的每一位都是你的同伴啊！」

尼古的眼眶滿是淚水，他點點頭說：「嗯，嗯。**真的很感謝你們每一位。安琪和松露，我也要謝謝你們，全靠你們，我才發現……原來我不是孤單一個的。**」尼古搖搖頭，再抬起頭來時，他的眼裏已再沒剛才的灰暗，「**安琪、松露、小路、小黑、洛歌，還有在這裏的各位，請你們……助我一臂之力！為了令這個擴展全國的怪病盡快停止！**」

「當然可以！」大家齊聲答應。

「好！我們先來擬定計劃吧！」

「好的！」

安琪他們首先在魯魯多泉旁向療養中的動物查問線索，動物們因為之前得到瑪莉媽媽的照顧，所以都很樂意回答。

詢問過後，洛歌他們以安琪為中心，圍成圓圈一起討論。

「唔——將現在已知的資訊整理後……」

安琪用樹枝在地面畫出地圖來確認。

首先，來魯魯多泉療養的動物，來自東部、南部和西部，卻沒有從北部山脈過來的。尼古你們之前去調查過的是東部和北部，東部生病的動物都是住在這一帶，而北部山脈是沒有動物患病的。

對啊！

對啊！

來魯魯多泉的動物，有大象、老鼠、蜥蜴、雀鳥等，似乎和體型或食物無關。

而且來到魯魯多泉旁邊，病情就會好轉！

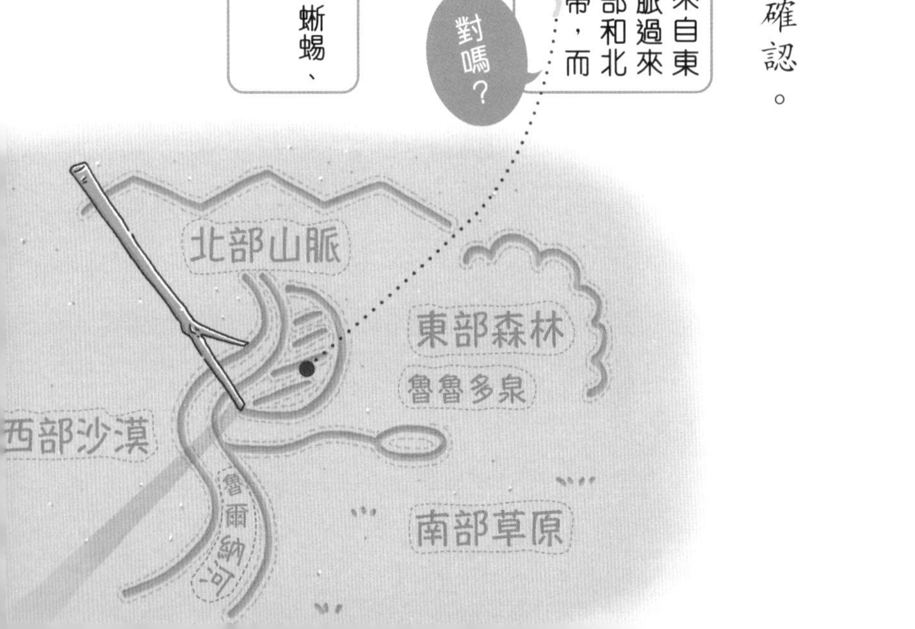

聽完大家的說話，尼古一副思考着難題的樣子，說：

「唔……只有這些資料根本搞不懂啊。我們之前去的地方只有東部森林和北部山脈，這兩個地方以外的資訊都不足夠呢。」

「那麼，始終要實際走一趟南部草原或西部沙漠看看才行吧？」松露提出建議。

不過，要調查那麼廣闊的草原和沙漠的每個角落，安琪他們這麼小，能辦得到嗎？而且也不知道要花上多少時間呢！

「唉，如果我有尼古跑得那麼快就好了……」安琪歎了口氣。

「那種事情就交給我們吧！」

安琪身後傳來了一把充滿自信的聲音。

原來，說話的是鴕鳥一家三口！

「我們也是全靠瑪莉媽媽照顧，身體才恢復過

來的。為了報答她，我就讓你們騎在我身上吧。你們放心，我這雙腿是我最引以為傲的，可以跑到世界的盡頭去啊！」身型最大的鴕鳥爸爸自豪地說完這一番話後，還用修長而強壯的腳抓了抓地面。

「鴕鳥是世界上跑得最快的鳥類啊！牠們跑起來達時速七十公里，就跟汽車一樣快！」小路興奮地說，可以騎鴕鳥，他這次可算是願望成真了！

「謝謝你們，拜託了！」安琪和小路分別抱起松露和小黑，興奮地坐到鴕鳥身上去。

「各位，抓穩了嗎？好！那麼我們向南部草原——出發！」

噠！噠！噠！

鴕鳥像風一樣，在廣闊的草原上奔馳着。

鴕鳥爸爸跑在最前面，他載着安琪和松露；他後面是載着小黑和小路的鴕鳥媽媽；在她旁邊的是鴕鳥兒子。尼古和洛歌就跟在大家的身旁。

「好快啊——」

「真舒服——」

安琪和小路齊齊歡聲高叫。藍天之下，風呼呼吹過他們耳邊，眼前的景色飛快地流過，轉瞬就消失於草原之上。

「森林已經離我們那麼遠了！」松露回頭看。安琪他們之前趕了數小時的路，如今鴕鳥瞬間就跑到了！

「好，我們就由那頭羚羊開始查問吧！」鴕鳥爸爸減慢了速度，用嘴巴指示着前方說。

安琪點頭同意，並對這些可靠的援兵表示謝意。

7 尋找怪病的起因！

安琪他們一行人坐上鴕鳥，每到達一個目的地，就在該處四出查問動物關於怪病的事情。

然後，他們從森林找來了一塊很大的樹葉，在上面畫上地圖，並把受訪動物的位置一一記錄，用紅點表示生病的動物，黑點表示健康的動物。

這是一項很花心神的工作，但隨着地圖上的圓點增加，大家都開始習慣了。

完成了南部草原的調查後，他們下一個目的地就是西部沙漠。

鴕鳥載着他們越過了魯爾納河，那是貫穿動物王國中央的龐大河流，但仍好像一點也不會累似的，在沙漠上飛馳着。

安琪原以為沙漠的動物較少，會很困難才能找到，但原來鴕鳥的視力非常好，不論在多遠的動物，他們一瞬間就看到！

尼古主要負責向肉食動物查問，而洛歌也努力在天空中偵察，為調查作出貢獻。而安琪和松露、小路和小黑就善用團隊合作，分成兩

個小組去詢問動物。

日出又日落，在寒冷的晚上，安琪他們會把身體緊貼着鴕鳥的羽毛睡覺。如果遇上肉食動物的襲擊，尼古就會保護他們。

他們就這樣子進行着調查之旅——

鴕鳥的
旅途路線
東部森林
起點
瑪莉媽媽之家
南部草原
肚子好痛啊——
我的孩子情況也突然轉壞。我記得時是我們去河川喝水、洗澡後，他回程時開始不適的。

目的地
綠洲
我住在綠洲附近，自從有一天我到了河對岸後，
身體就出現了古怪的紫色斑點，把我漂亮的肌膚都破壞了！
西部沙漠
啊，我媽媽吃了一尾很大的鯽魚後就生病了。咦？她在哪裏抓魚？當然是在魯爾納河啊。
Z
Z
Z

調查來到第五日。大家終於來到最後的目的地——沙漠中的綠洲。

綠洲雖然位於沙漠的正中央，卻長滿了綠樹，還有湛藍的冰涼湖泊。大家都在湖邊小休，同時把所得的資料畫在地圖上。

「畫好了！」安琪邊擦着汗，邊打開樹葉地圖，地圖上已經畫滿了很多黑點和紅點。

安琪凝視了幾分鐘這些圓點……

「我好像知道原因了……」她用認真的語氣悄悄地說。

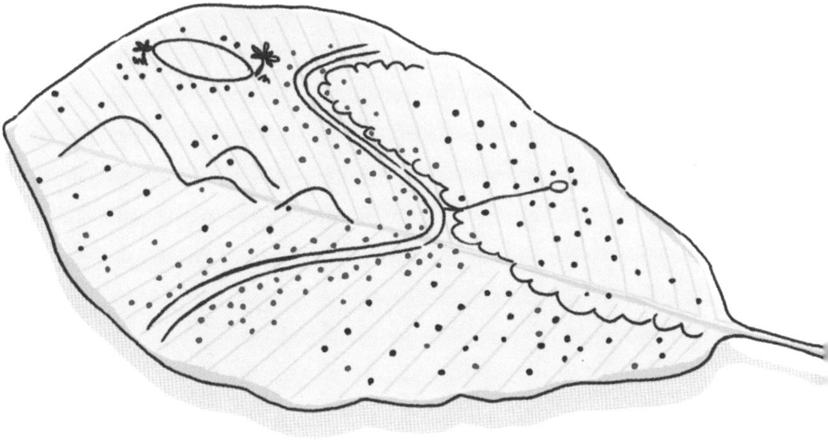

「我也知道了！我也知道了！」小路猛地舉起手說。

松露、小黑和尼古也點頭，可是，只有洛歌滿臉疑問。安琪朝大家看了一圈，帶頭說：「一起說出來吧，怪病的原因是——」

「**魯爾納河的水！**」除了洛歌的所有人齊聲道。

「**對、對啊！嗯嗯，我也在想着是不是這個——**」洛歌慌忙附和着，惹得大家都笑了。

「地圖的紅點，大概都聚集在魯爾納河附近啊！」小路說。

松露點頭同意小路的話，繼續解釋下去說：「不論是南部草原或西部沙漠的動物，只要身體某部分接觸過魯爾納河的水就會生病，不管是直接浸在河水裏，還是吃了河中的魚……」

「如果這個假設成立的話，那麼動物待在魯魯多泉就會康復過來也說得通了。待在那裏的話，自然就不會喝魯爾納河的水，而是喝魯魯多泉的泉水，那是在地底下湧出來的潔淨食

水，跟綠洲的湖水一樣，沒有受到污染。」小黑說着，喝了一口湖水。

尼古也大表同意：「如果病因是河水的話，那麼北部山脈的動物沒有生病也解釋到了。那一定是從北部山脈山腳的某個地方，混進了某些東西在河水裏面。」

「原來如此！就是那『東西』污染了河川的水！」洛歌也突然明白了，說。

點與點之間，終於連成線索，安琪感到很興奮，她說：「也就是說，我們只要去魯爾納河的上游就可以找到真相了。」

「好，立即起行吧！」大家齊聲說。

8 黑色的毒樹

安琪他們再次坐到鴕鳥的背上，沿着魯爾納河向北面進發。越過沙漠，穿過森林，終於接近高聳入雲的北部山脈。魯爾納河的上游較窄，流速沒那麼快，不像下游的河水那樣廣闊又急速地流動。

「咦？那是什麼？」走在前頭的鴕鳥爸爸突然發現了什麼，高聲道。可是安琪他們向前方望去，卻沒有看到什麼東西。

「唔……好像沒看見什麼啊……」

「不，你們仔細看看啊。有古怪的樹木沿着河道生長啊！」鴕鳥爸爸邊説邊跑，小路拿起掛在脖子上的望遠鏡，再一次望向前方，這一次……

「啊，真的啊！」

在接近山腳附近的魯爾納河的淺灘處，長着一片黑壓壓的樹林。透過望遠鏡看，會見到樹木的枝葉都是呈不自然的黑色，而枝葉的前端，還長着幾個像是有毒性的鮮紅色花蕊，而它的根部

形狀就像八爪魚的腳，整棵樹給人不寒而慄的感覺。

來到那片樹林旁，安琪他們從鴕鳥背下來，慢慢走近生長在淺灘上的樹。

近距離看到那些樹木後，安琪喃喃自語：「這是什麼樹？看上去有點不妥……」

安琪平日很喜歡賞花，但看到這些異樣的鮮紅色花蕊，卻讓她心裏發寒。

被安琪抱着的松露也有同樣的感受，說：「安琪，這些樹說不定就是那個怪病的……」

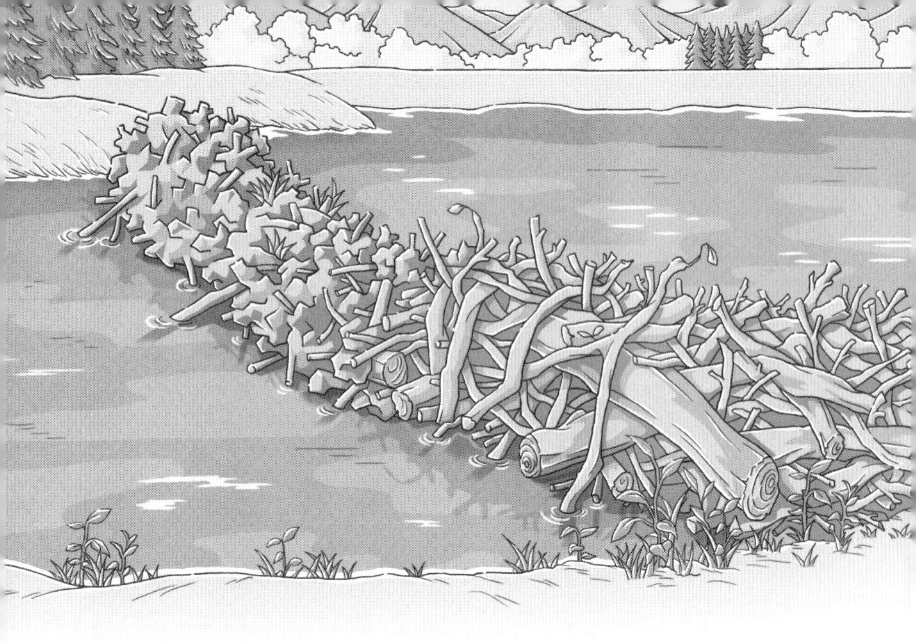

正當松露說着話的時候，小路不知看到些什麼，拉了拉安琪的衣服。

「姊姊，你看那個！河裏有個堤壩！」

「什麼？」

安琪嚇了一跳，立刻向河川望去……果然，一個由樹枝建成、以泥固定的堤壩橫越着河道。

「那是河狸的堤壩啊！

我在動物圖鑑見過！好厲害啊，原來牠們真的會築起堤壩……」小路雙眼放光地喊着。

不知是否被小路的叫喊聲嚇到，一頭河狸突然出現在河裏。

「怎麼了怎麼了？你們是入侵者嗎？」河狸對他們充滿戒備，扁平的尾巴不斷拍打着水面。

安琪慌忙解釋：「啊，不是不是！我們不是可疑的人！」

松露也拚命説明：「我們是來找尋怪病的原因的！」

聽到安琪他們的話後，本來抱着疑心的河狸突然態度一變，說：「**怪病？你們是來尋找怪病的原因？**」

「對、對啊！」

「**你們的意思是，怪病的起因是在這一帶嗎？**」

「呃……很有可能是……」

大家把所有事情，包括在下游擴散的怪病、怪病的起因很可能是來自魯爾納河等等，全都告訴河狸。

聽完大家的話後，河狸悄聲地呢喃着：「**那個病，跟我家人的一樣……**」

「跟你的家人一樣？」

「我的家人大概在兩個月前，全都突然感到身體不適。他們不只失去食慾，身體還出現了紫色的斑點。我的症狀比較輕，所以現在還可以出來活動，但我的家人則全都沒有好轉……」河狸傷心地垂着頭說。

「河狸先生，你知道那些樹是怎麼回事嗎？」安琪指着淺灘那邊的怪樹問。

河狸回答說：「哦，那些根部形狀很古怪的黑色樹？它們好像也是兩個月前左右出現的，就在那個什麼也沒有的淺灘突然長出來。」

「而且，那些樹最初只有一棵，但後來卻以很快的速度增長，一下子就長成樹林。而且，不論怎麼砍伐那些樹，它們也會不斷生長和增加！不過，我們倒是很高興，因可用的木材增加了。」河狸繼續說。

看來河狸不像安琪他們那樣，對那些樹抱有那麼厭惡的感覺。認真一看，接近堤壩的淺灘處，確是

有一些怪樹的樹枝被砍掉了。

「河狸先生，難道你們用那些樹枝來弄了些什麼嗎？」松露問。

河狸點頭說：「**對，因為那些樹枝看來很容易咬開，所以我們弄了一些樹枝來築堤壩和巢穴……說起來，我妹妹在那次之後就立即生病了……**」

大家互相對視，說不定他們已找到正確答案了！

「那個怪病的起因，一定是那些樹！」小路像是有重大發現那樣，豎起手指說。

松露也點頭表示同意，說：「嗯，那些黑色樹木應該含有有毒物質。而河狸先生用了那些樹枝來建造堤壩，就令有毒物質流進河裏去了！」

「**有、有毒？就像眼鏡蛇和塔蘭托毒蜘蛛身上的那些毒嗎？吃下那些毒可非常不妙啊！**」

「對啊，所以我們一定要想想辦法怎麼處理那些樹！」松露說。

尼古和安琪聽到松露的話，都忍不住叫了出來。可是小黑卻一副放棄的態度，哼了一聲說：「你說想想辦法，但到底有什麼辦法？這麼大量的樹，我們是不可能砍伐完的。而且就算把樹全都砍掉，它們也一定會再次生長，所以砍掉它們是沒有意思的！說到底，這根本不是我們辦得到的事情啊！」

「這還是未知之數呀！要是大家一起努力去想辦法，說不定會想到什麼好方法啊……」松露說。

聽到松露的話，小黑擺出一副煩躁的樣子說：「唉！真是的！你就是這一點最令人看不順眼！你真的以為只要努力就總會有辦法嗎？這種想法真愚蠢！這個世界上有些事情是不論你怎麼努力、怎麼祈求也不會有結果的。這種事情，我最能夠體會到！」

「小黑……」

小黑說完那番話後，臉上浮現出一片灰暗，小路看着他這樣，露出了一副不解的表情。可是，小黑瞬間就回復到平時諷刺別人的口吻說：「總之，再努力下去也是沒用的。還是你們想用最得意的那個什麼『魔法』來令那個樹林消失？」

「你這麼說實在好過分呀……」安琪聽到小黑的話有點生氣，正打算回話時，她突然想到……

「對了……魔法！」

安琪抓着松露的手，雙眼發光，說：「松露，你記得嗎？在甜點王國的火山快要爆發時……」

「當然記得！我們用了可蕾雅戒指上的寶石，讓飛馬制止了火山爆發。」

「對！你覺得這個世界會有像那顆寶石的東西嗎？」安琪問。

松露突然想到了什麼，恍然大悟說：「只要

像上次那樣，使用有魔法能量的東西，說不定就可以讓那些毒樹全部消失啊！」

「什麼……真是的，竟然真的打算用魔法解決問題嗎？隨便你們了，我是不會幫忙的。」

小黑再也忍受不了熱烈討論的二人，垂着肩沒精打采地走到一旁，在橫倒於河邊的樹幹上坐下。小路看着，雖然不太敢打擾小黑，卻也跟着坐在旁邊。小黑瞄了他一眼，輕歎一聲：「你為什麼要跟過來……」

「唔……呃……那個……」小路欲言又止的。

小黑再次歎一口氣，說：「其實你不用特地來陪我的。」

「可是！小黑……你是我的朋友……」小路不安地踢着腿說。

這一次，小黑並沒有像平時那樣反駁說「我們不是朋友」，只是稍稍抬頭。

「那個……我聽了小黑剛才的話，雖然不清楚原因，可是卻覺得我一定要待在你身邊……你或者會不相信我，可是我會一直和你在一起的。」

「……你為什麼要跟我說這些話？」小黑問。他問的時候，雙眼卻沒有望向小路。

小路抬頭望向黃昏的天空，稍微想了想，輕聲說：

「因為你剛才看起來非常落寞和悲傷。」

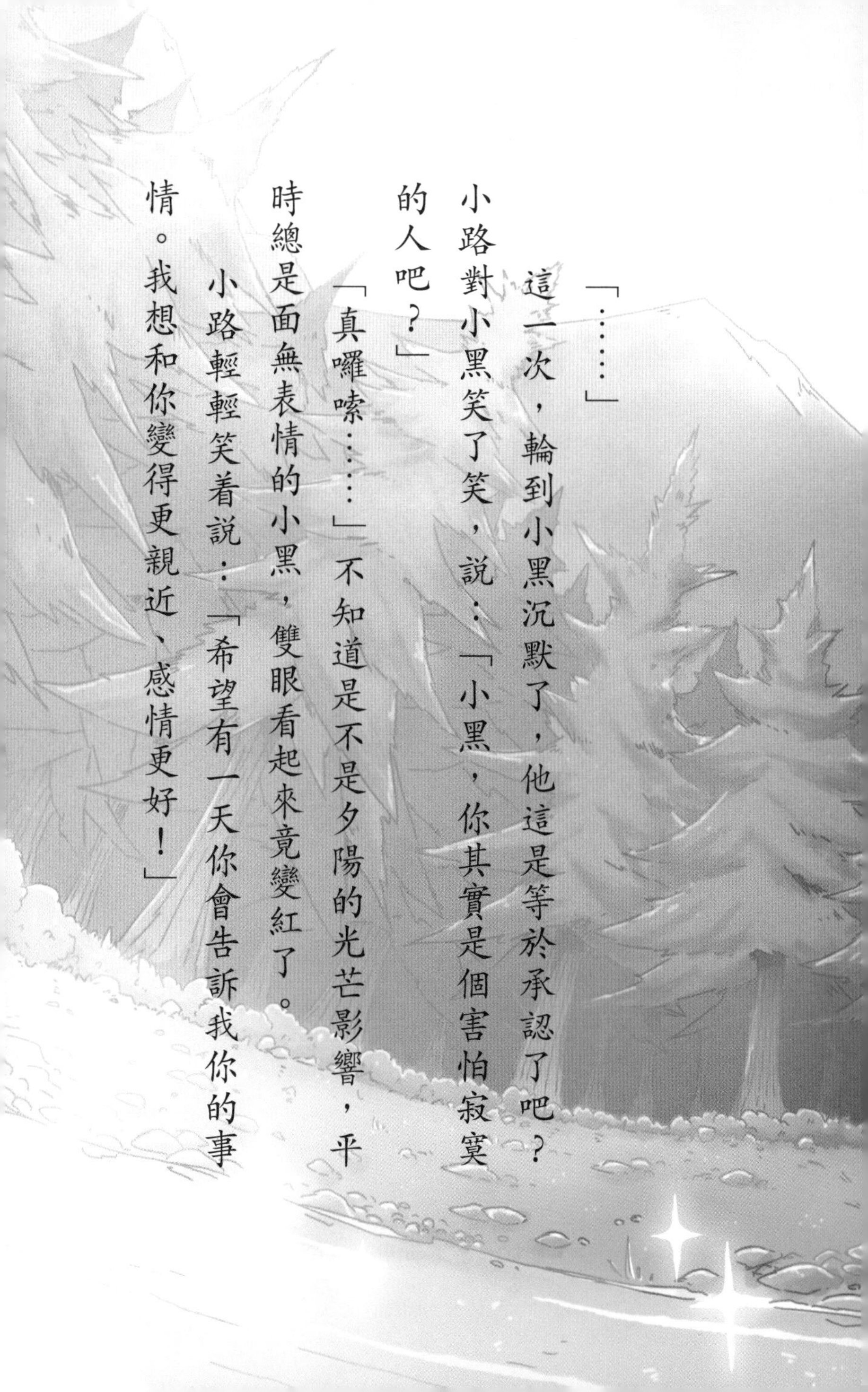

「……」

這一次，輪到小黑沉默了，他這是等於承認了吧？

小路對小黑笑了笑，說：「小黑，你其實是個害怕寂寞的人吧？」

「真囉嗦……」不知道是不是夕陽的光芒影響，平時總是面無表情的小黑，雙眼看起來竟變紅了。

小路輕輕笑着說：「希望有一天你會告訴我你的事情。我想和你變得更親近、感情更好！」

9 神聖的藍寶石

四周已開始變暗，在寧靜的東部森林上空，升起了皎潔的滿月。

安琪和松露在努力思考該如何治療動物的怪病，可是想破了頭也沒有得出答案。

「嗚——始終想不通啊！」安琪抱着頭大叫。

「哪怕是能找到一點點魔法的線索也好……」松露也盡了全力去想，卻也找不出個所以然。

這個時候……

「呵——哎啊，你們在這裏幹什麼？呵——」

突然，一把聲音從他們頭上傳來。

抬頭一看，原來是一頭年老的貓頭鷹，正站在河邊的冷杉樹上說話。

尼古看到那頭貓頭鷹，神情立即開朗起來，說：

「啊，是長老！」

「哦，這把聲音和樣子，你不正是瑪莉媽媽那裏的尼古嗎？你頭上的是洛歌吧？很久不見了。」貓頭鷹說着，溫柔地拍了拍翼。

安琪和松露對望了一下，這頭年老的貓頭鷹看來就是之前尼古他們說過什麼也知道的「長老」了，如果他真的是無所不知，那麼說不定……

兩人點了點頭，決定將一直想不通的問題告訴長老，安琪說：「長老，請聽我們說啊！那些黑色的樹木就是害動物生怪病的起因！」

「你知道有什麼方法可以解除那些樹的毒嗎？」松露補充問。

聽到兩人拚死的追問，尼古和洛歌也一起請求長老幫忙，說：「**我們也拜託你！這個王國的動物都危在旦夕！**」

「**有什麼微小的線索也行，拜託你了，長老！**」洛歌說。

看見大家那麼拚命地拜託自己，長老嚇了一跳，可是很快就冷靜過來。

「**呵——唔，那片黑樹林是什麼時候出現的？我也聽說過那個神秘的怪病，可是我也想不到原因原來就在這裏。你們竟然在這麼短的時間內找出了起因。**」長老佩服地說。

然後他轉動着頭，就像陷入了沉思。之後他的頭竟然上下倒轉了！大家看到長老這樣，擔心他會感到脖子痛，但長老繼續轉動頭部在思考。

「唔——淨化毒素嗎……我也沒聽說過呢，不過，為了對你們的努力表示敬意，我得想個合適的答案才行。唔……」長老不停在轉動頭部，安琪他們光是看着也感到頭暈了。

突然，長老的頭回復原位。

「啊，說起來，我曾聽我的曾祖父說過一個古老的傳說，那是一個從遠古就流傳在我們一族的傳說。它的內容是——

邪惡來臨之時，於月下高舉藍寶石，唸出祈禱之文；這必將邪惡驅除，安寧必將再臨。祈禱之文乃是『布魯加路．卡．恩比達狄武』——發放神聖的光芒，只憑一句真言。

「這個傳說能給你們什麼線索了嗎？」長老問道，安琪和松露立即歡呼起來。

「謝謝你啊，長老！」安琪道謝。

「傳說中的『藍寶石』……一定蘊含着魔法能量！」松露說。

「可是，那『藍寶石』究竟會在哪裏呢？」尼古歪着頭問。

尼古頭上的洛歌也同樣歪着頭，說：**「唔，我也完全沒有頭緒……」**

的確，如果找不到最重要的「藍寶石」，說什麼也沒有意思。這個住滿動物的大自然王國，究竟哪裏才會有藍寶石？安琪和松露也想不出個所以然來。

大家又陷入了沉思之中。

沉默着的小黑突然站起來大叫着：「啊啊！真是的！真讓人看不下去！你們怎麼都沒發現到那顆『藍寶石』遠在天邊、近在眼前嗎？」

「什麼？」大家都不明所以，小黑伸手一指……

「洛……洛歌！你的胸口在閃爍！」

「我、我嗎？」

正是如此。洛歌胸前的鈷藍色羽毛，在滿月映照下，閃爍出眩目的光輝！就像青金石那樣透出純淨漂亮的藍色光芒。

「真、真的啊……怎麼我們都沒察覺到？」

「我也早已看慣了，所以沒發現……」尼古也被嚇呆了。

「這就像傳說一樣啊！『於月下高舉藍寶石，唸出祈禱之文；這必將邪惡驅除，安寧必將再臨』！」

「祈禱之文……」

「布魯加路・卡・恩比達狄武！」
大家齊聲唸出祈禱之文的一瞬間……

洛歌的胸口放出劃破黑夜的強烈藍光，並不斷擴散，大家不禁閉起眼睛來。

藍光吞噬了河川地帶，吞噬了黑色的樹林，還吞噬了東部森林、北部山脈、西部沙漠、南部草原……最終覆蓋整個動物王國。

安琪一邊緊緊閉着眼睛，一邊緊握松露的手。松露用他那柔軟的小手，輕輕反握着安琪，令安琪放心下來，她的意識也逐漸變得模糊。

不知過了多久，像是數秒也像是數小時。

到大家恢復知覺時，透進眼皮的藍光已經消失了。

安琪有點膽怯地張開眼睛，眼前是靜靜流動着的魯爾納河，一切像是沒發生過一樣。

安琪突然想起雙手抱着的松露，一看之下，松露仍閉着眼睛。

「松露！松露！」安琪呼喊着。

聽到安琪的聲音，松露像個小孩般揉着眼睛，慢慢向上望去。

「安琪？」

「松露……太好了，你醒來了！」安琪鬆了一口氣，看來松露剛剛只是暫時

失去知覺。放眼望去，大家同樣在河邊昏睡過去了。

「已經完了……是嗎？」

「先叫醒大家吧！」安琪和松露分頭叫醒還在昏睡的其他人，大家也一個個醒來了。

「咦？我睡着了嗎？」小路抓着頭站起來。

「**呼——我還以為會死啊……**」洛歌抖動了一下身體。他胸前的藍色羽毛已經再沒發出剛才的強光，變回平常低調地閃爍的模樣。

然後，小路發現魯爾納河不同了。

「啊！消失了！那些黑樹消失了！」

大家向小路指着的方向看……真的呢，那些長滿整片淺灘的可怕黑樹，現在一棵不留地消失了！

安琪抱着松露，小心翼翼地走近淺灘。一看之下，剛剛還長滿黑樹森林的位置，現在只有潔白的沙子堆積，部分沙粒還慢慢流進魯爾納河裏。

安琪輕聲對松露說：「黑樹的毒，現在變成潔白的沙子了。」

「嗯，這下子應該沒問題了吧？」二人相視而笑。

「終於解決這件事了，感覺好漫長啊。」安琪說。

「呼——」小黑呼了口氣，伸着懶腰。

安琪看到就叫着他：「小黑！」

小黑聽到安琪的呼喊，嚇得肩膀也抖了一下。

「剛剛感謝你告訴我們，洛歌的羽毛就是藍寶石。」

「這個……即使我不告訴你們，早晚也會有人發現啊。」小黑不好意思地說。

安琪握着小黑雙手，說：「就算真的如此，我也要感謝你。能夠淨化毒樹，真的全靠小黑你！還有，對不起……我好像對你有點誤會，雖然你不太會表達自己，但其實是很溫柔和善良的人呢！」

面對滿面笑容的安琪，小黑移開視線，小聲地說：

「不……我也說了很過分的話……」

小路看到這個情況，在小黑的耳邊說：「喂，小黑，不說清楚，人家會不明白的啊！」

「啊，真是的，你真的太囉嗦了！不要老是靠近我！」

看着甩手搖頭的小黑，安琪和松露都笑起來了。

「各位，聽我說啊！是奇蹟啊！發生奇蹟了！」河中傳出了河狸高興的叫聲，「我家人的病完全治好了！一定是剛才的藍光啊！我好開心啊！」

安琪感到非常興奮，剛剛聽到的事情是真的嗎？藍光魔法竟然連動物的病都治好了嗎？

「你們等一下！我的家人想跟你們道謝。」河狸說完立即游到巢穴裏，再帶着家人游出來，走到岸上，順序跟河邊的每一位用力地握手。

「謝謝你們，真的很感謝你們！」

「你們把我們從這可怕的疾病中拯救出來，真是大救星啊！」

「嘿嘻嘻……不，這樣說也太過了……」安琪他們難為情地說。

在旁邊的鴕鳥爸爸聽到後卻點着頭說：「哦哦，說得好啊，河狸們！他們真的是拯救這個動物王國的大救星啊！」

鴕鳥爸爸說完，精神抖擻地拍了拍翼說：「**來吧，各位快騎到我的背上來吧，大救星們要凱旋而歸了！**」

10 回到家人身邊

安琪一行人坐在鴕鳥的背上，向着森林的南邊進發，前往尼古的家。鴕鳥因為已經完全治好了病，雙腿有力量跑得更快，不消一天已經回到孤兒院附近。

一棵巨大的樟樹就在眼前，鴕鳥停下腳步，送到來這裏就可以了。

「鴕鳥一家，謝謝你們讓我們騎着來代步！」安琪在鴕鳥的背部下來，向鴕鳥鞠躬道謝。

「不，我們才該道謝，這是趟意料之外的好

玩旅程啊！我們平時只在草原上奔跑，沒想到竟然也可以在沙漠和森林裏跑。」鴕鳥爸爸開朗地高聲笑着。

這時候……

「**尼古！洛歌！歡迎回來！**」孩子們都衝出來，飛撲到尼古和洛歌身上。二人慌忙接住他們，並發現孩子都淚眼汪汪地看着他們。

「**我們有乖乖的啊！**」

「**我們一直等着你們回來啊！**」

「**嗯，我們回來了。你們都好努力啊！**」尼古說着，溫柔地用臉蹭着弟妹的臉頰。

「對了！你們過來這邊，有東西要讓你們看！」

「安琪姐姐你們也過來！快點快點！」

在孩子們的催促下，大家穿過了密林——

「歡迎回來！」

原來，在魯魯多泉療養的動物，全都集合起來迎接安琪他們。之前身體還是非常不適的動物，也完全康復了。那些藍光果然把全國動物的怪病都治好了！

在動物當中，尼古和洛歌看見了思念已久的瑪莉媽媽，心情立即放鬆下來。

「媽媽！」兩人異口同聲喊着。

「尼古！洛歌！歡迎你們回家！」

母子三人緊緊擁抱着，尼古和洛歌這次是真正完成任務回家了。

「媽媽，你康復了！」

「對呀。你們也平安回來，實在太好了！」瑪莉媽媽的淚凝在眼眶說。

瑪莉媽媽的臉色看來不錯，看來動物們之前都很努力照顧她。

「各位，聽一下！我們即將報告這次旅程的結果！」鴕鳥爸爸這麼一說，動物們都立即安靜下來。

尼古踏前一步，大家的視線立即集中在他身上。

尼古略帶着緊張，開始說話：「**呃……各位，我們在這次的旅程，找到那可怕的怪病的起因了。那就是生長在魯爾納河上游的邪惡毒樹。**」

各動物聽到這裏，都發出驚訝的叫聲。

尼古在動物們的議論聲中，再次發言：「**我們合力將毒樹淨化了。那些魔法藍光，把這個於全國流行的怪病消滅了。我們現在不用再受它威脅了！**」

聽着尼古宣布的消息，大家高聲歡呼，動物全都用各自的方法表達出喜悅，有些踏着地，有些高聲吠叫，有些搖動着尾巴……安琪他們則用力地拍手。

嗚啊！嘩嘩！嘰嘰！汪汪……

各種各樣的動物叫聲交織在一起。

「**大家安靜一點！接下來，我要介紹拯救了大家的大救星！**」鴕鳥爸爸再次高聲叫，並轉向尼古身旁的洛歌，說：「**來，洛歌，你也說幾句話吧！**」

「咦？我、我嗎？呃……」洛歌突然被要求說話，被大家用充滿疑惑的目光看着。

「呃……說來有點不好意思，但老實說，我沒有做過什麼事情……雖然那道藍光的確是從我胸前的羽毛放射出來的……不過、不過啊！如果只得我一個人的話，我是完全沒想過會踏上旅程的。最初提議要去找出怪病的原因、拉着我踏上旅途的，是尼古啊！所以，我不是什麼大救星，尼古才更適合當大救星啊。」洛歌以從沒出現過的認真表情說。

尼古嚇了一跳，望向洛歌。平時的洛歌如果被稱為大救星，應該會得意洋洋到跳起舞來吧？安琪也一樣，她想不到洛歌竟然會說出這種話來！

面對大家的注視，洛歌好像有點不好意思，尼古為他解圍，繼續說：「謝謝你，洛歌。不過，我也完全不覺得自己是大救星。因為，要找出病因這件事情，絕對無法單憑我個人的力量去做到的。我曾經一度放棄過，但是安琪和松露鼓勵我，令我重新振作起來；小路和小黑則注意到各種各樣的事情；鴕鳥一家背着大家不眠不休東奔西跑；還有，在我們離家期間，療養中的各位動物幫忙照顧弟妹和媽媽……這一切都是因為有大家幫助，才能辦到的。所以我認為，大家都是大救星！」

草地上，又再傳出震耳欲聾的歡呼聲。在旁邊聽着這番話的安琪，也非常感動地拍手。就如尼古所說，這次旅程能夠成功，是大家齊心合力的結果，安琪可以參與其中，感到無比高興和自豪。

「**好了，報告得差不多了吧？是時候開始派對了！**」鹿先生說完，發出了一聲鹿鳴，多隻動物抱着食物，魚貫從周圍的叢林出現。他們用葉子做碟，上面有着新鮮採摘的蔬菜和水果，還有很多魚！

「**其實，我們預計過你們回來的時間，打算預先準備好一切。雖然你們提早回來了，不過還好**

我們趕得及！」鹿先生向安琪他們眨眨眼。

「好！既然今天舉辦派對，那我就特別為大家跳舞助興吧！請大家好好欣賞『東部森林跳舞王子』的舞蹈吧！」

洛歌回復了平時的樣子，站在折斷的樹枝上，開始跳起舞來。沙沙沙！洛歌不斷加速拍翼，這晚的舞蹈跟平時不一樣——完全看不見他的嘴！

安琪四人邊吃着水果，邊看着洛歌的舞，邊配合他的節奏拍手。

快樂的派對一直持續到夜深。

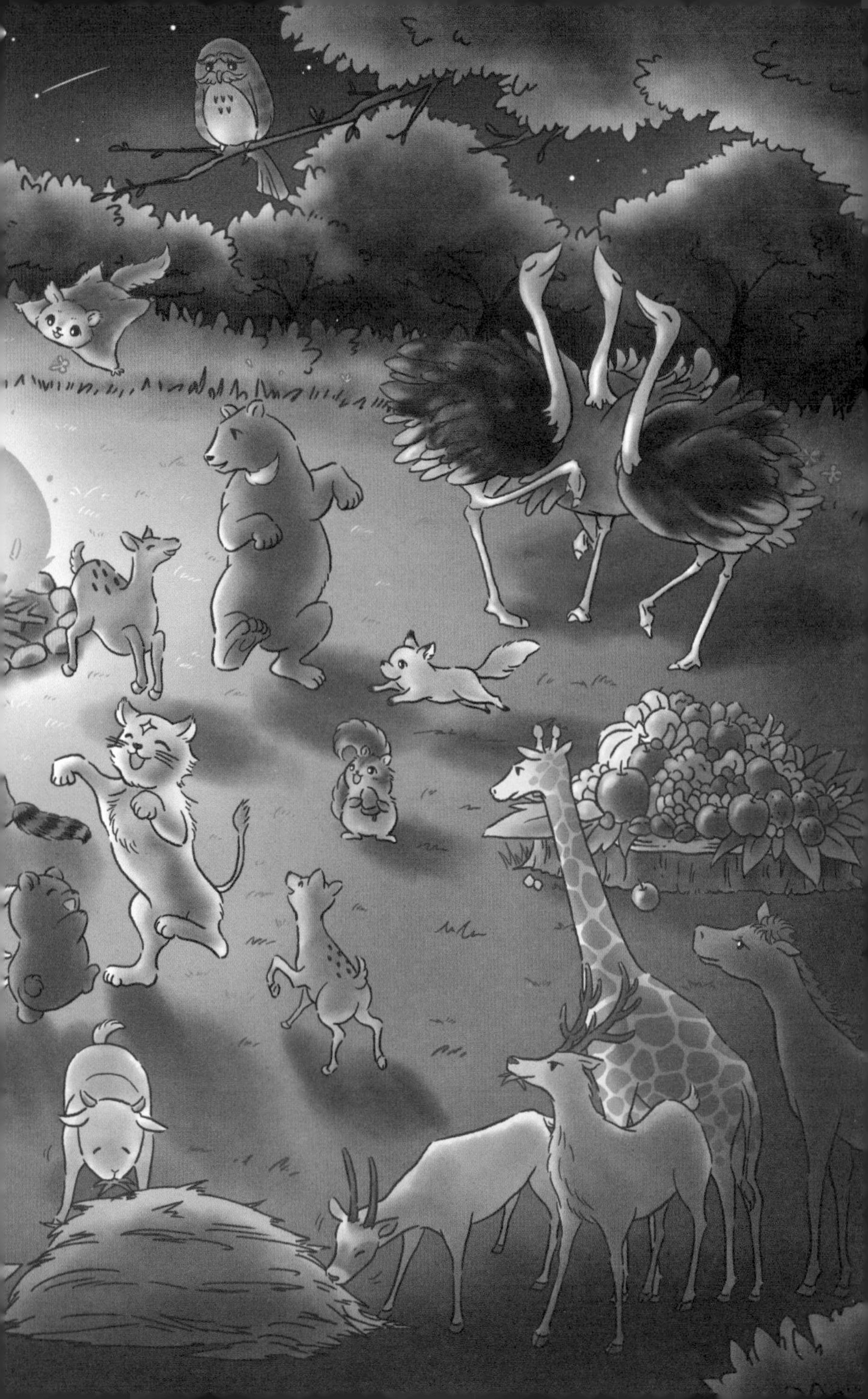

11 相遇與道別

「不好了！我們得回去了！」安琪慌張地說。

小路一臉悠閒地問：「為什麼？現在是暑假，不用上課吧？我還想再留在這裏一下子啊。」

「雖然不用上課，可是爸爸媽媽發現不見了我們的話，會很擔心啊！」

「哦，對呀！」小路終於發現了事情的嚴重性。

安琪他們四人在動物王國已經逗留了七天！這段期間，不知道他們原本的世界都怎樣了。說不定警察正在

四處找尋這對失蹤的姊弟！

安琪他們立即找來尼古，跟他說明：「尼古，在派對中途打擾你，很對不起，不過，我們得回家去了。」

「是嗎……也對啊，我們耽誤了你們這麼久，真抱歉。洛歌！洛歌！」

尼古呼喚還在跳舞的洛歌。

「我們護送你們吧，不可以再讓小路遇上危險。」尼古說。

「謝謝你們！那麼，請你送我們去南部草原那棵相思樹吧？就是我們相遇的那個地方！」

「舉手之勞而已，就交給我們帶路吧！」

在尼古引領下，大家在黎明前的草原上安靜地走着。這樣行走，恍似回到七日前那樣。安琪邊走邊回想這七日的大冒險。

「看到了，那相思樹就是我們初遇的地方。」

尼古說着，用鼻子指着前面一棵長得特別高的樹。

他們已經來到目的地了。

「謝謝你，尼古！」安琪向尼古道謝。這時候……

「尼古路斯……？」

突然被呼喊名字，尼古嚇了一跳，回頭向聲音看去。

「你為什麼會知道我的名字……」尼古看到呼喊自己的人物後，嚇得說不出話來。

在日出後的清新空氣之中，晨光照耀着兩頭獅子。

一頭是蓄着漂亮鬃毛的雄獅，另一頭是體型健美的雌獅。

兩頭獅子以一副難以置信的樣子看着尼古。

那是當然的。因為他們的身型、樣子，以至温柔的眼神，都跟尼古一模一樣。

「難道是……爸爸和媽媽？」尼古輕聲説着。

兩頭獅子屏住了呼吸。

「這氣味……還有額上的疤……不會吧，這是真的嗎？」

「果然他是尼古路斯啊！感謝神啊！」雌獅感動得哽咽，她靠近尼古，輕輕用鼻子磨蹭着他，說：「對啊，我是你的母親，你平安無事地長大到今天了……」

安琪揉了揉眼睛，真的這麼巧合嗎？尼古竟然就這樣偶遇親生父母！

「啊，尼古路斯，我從沒一刻忘記你。我一直想起你小時候跟我們失散當天的情景……」

尼古的媽媽帶着眼淚，把自己的額頭貼在尼古的額頭上說：**「不論我們怎麼找，也沒找到你。沒辦法之下，只有離開那兒……可是，我一直深信你會在別的地方活着！」**

她流着淚跟尼古說話，尼古看着有點為難，喉頭發出了一下嗚叫。

尼古的爸爸也慢慢靠近尼古，溫柔地說：「尼古路斯，雖說當時是為了跟上獅羣才不得不把你遺棄在那廣闊的草原，但真的很對不起。當時放棄了搜索你，我也一直後悔至今……你還活着，我真是太高興了。」

「爸爸……」

三頭獅子沉浸在重遇的喜悅之中。

擁抱過後，尼古的爸爸像是下定決心，開口說：

「尼古路斯，我個有提議——如果你願意，你要回來獅羣嗎？你還有其他兄弟姊妹，一起相處一定比你獨自一人開心得多啊。」

「對啊，兄弟姊妹們一定很高興啊。來，跟我們一起走吧，尼古路斯。」尼古的媽媽也這樣說着。

尼古眼裏有一刻露出了迷惘，但深呼吸後，他認真地直視雙親的眼睛說：「謝謝你們，爸爸、媽媽。不過，對不起，我不能跟你們走。」

看着父母疑惑的眼神，尼古靜靜地說：「我如果只有自己一個，是無法生存和成長的。當日是狗獾媽媽把離羣的我撿回來，養育到今天。我還有很多弟妹，雖然他們不是獅子，而是兔子、鹿、松鼠等動物。看啊，還有在這裏的洛歌，他雖然體型細小，卻是我引以為傲的哥哥！」

尼古微笑着，看着停留在安琪肩上的小掩鼻風鳥。然後再一次看向驚訝的父母，說：「我一直都在想，如果有天能再見到我的親生父母就好了，就算只是一面也足夠……所以，現在我願望成真，真的很高興。不過，我想報答把我養育成人的另一位媽媽，幫她打理孤兒院，讓其他像我這樣的小孩找到容身之處和家人！」

尼古挺起胸膛說着這番話，他的眼裏已再沒惘然，大家都感受到他的決心。

尼古的父母神情有點落寞，可是也用力點了點頭。

「原來你已經找到可以容身的家了。」

「記着，我們永遠也會支持你的。」

「謝謝你們，爸爸、媽媽……」

在尼古的爸爸催促下，媽媽雖然不捨，也得離去。尼古一直看着兩頭獅子的背影慢慢縮小。

「尼古……這樣真的好嗎？難得可以重遇你的親生父母。」洛歌不安地問。

尼古看到他的樣子不禁笑了起來，說：「怎麼了，洛歌？難道你擔心我會一走了之？」

「才、才沒有啊！我才不會擔心啊！」

看到洛歌害羞起來，尼古開朗地笑着說：「我剛剛說的，都是我的真心話。能夠重遇父母，我真的很開心。不過，我的容身之所、我的歸宿，始終是瑪莉媽媽那裏。因為東部森林孤兒院有媽媽、有洛歌、有弟妹們，是我最喜歡的地方！」

旭日高升，整個草原都變成金黃色。安琪他們四個，跟尼古和洛歌面對面站着。

「安琪、松露、小路，還有小黑，我都不知道該怎麼向你們道謝才好了……」尼古找不出適當的措詞，只是默默凝視着安琪他們。

「能夠遇上你們，真的太幸運了。這次相遇，我會一直引以自豪的……謝謝你們。」

「嗚嗚……我也跟尼古一樣，能跟你們一起踏上旅途，真的好開心！」洛歌邊吸着鼻子邊說。

「我們也是啊！你們幫了我們很多……」正當安琪想繼續說出感謝的話，她也一樣無法找到適當的言語去表達她的心情。

回想起在動物王國的日子，他們一起經歷了大大小小的冒險，好像過了很久，卻又一下子就過去了，感覺十分奇妙。雖然安琪有很多事情想說，可是卻無法化成言語說出來。

「尼古、洛歌……謝謝你們，再見了！」安琪忍着快要掉下的眼淚笑着說。

「我也一定！一定會再來的！」小路也一邊用力擦着眼睛，一邊承諾。

「如果有機會的話才說啦。」小黑冷漠地說，可是耳朵卻沒精打采地垂下。

「對啊，我們……一定會再見的！」松露最後用力地點頭說。

松露打開他頭上掛着的書本吊飾，說：「大家準備好了嗎？把每一句咒語倒轉來說，來吧！」

「姆地登．姆湯登．達拉杜卡！」

大家唸完咒語後，書本就「啪啦啪啦」地自動翻動，周圍出現一道光把他們包圍着。

安琪最後看到尼古和洛歌在視線的邊緣處揮着手，在感到自己飄起來的同時，她也用力向尼古他們揮手道別——然後就失去意識了。

12 終章

安琪醒來的時候，發現自己在房間的睡牀上，手中抱着的松露，也已經變回不會説話的布娃娃。

在迷迷糊糊之間，安琪瞥見了枕邊的電子鐘，一看之下，她嚇得坐了起來。

「不是吧！竟然只過了一天……」

電子鐘顯示的日期，正是安琪和小路前往卡露加路玩具店的翌日。他們應該在動物王國過了七天才對，可是在現實世界只是過了一晚。

安琪想：太好了，這樣爸爸和媽媽就不用擔心我們失蹤了……

正當安琪放心下來的時候，突然發現自己的腳碰到些什麼了。她揭開被子，看見小路正流着口水，睡在她的牀上，雙手還緊緊地抱着小黑。

「真是的！小路！你不要在我的牀上流口水啊！」安琪大叫。

「唔唔……呼呵！啊？咦？尼古和洛歌呢？」小路拉拉身下的毛毯說，睡迷糊了的他在東張西望。

「你在說什麼啊？我們已經回到原來的世界了。」

「是嗎？咦？小黑怎麼不動了？喂，小黑！」

小路發現小黑一動不動，拚命搖動它。安琪看到小路那副慌張的樣子，想起之前自己也一樣，不禁笑了起來。

「小路，沒事的，小黑在日間是不會動的。奇妙的事情要到晚上才會發生啊，對吧，松露？」安琪說着，對枕邊的松露笑了笑。當然，松露是什麼也不會說的。

不過，安琪知道，只要到了夜晚，扭動發條，松露就可以活動，在動物王國的大冒險，絕對不是一場夢。

「啊，還有，我就先跟你說一下，魔法的事情，不可以告訴任何人啊！松露和小黑會動、我們到動物王國冒險的事，全都是我們兩個之間的秘密！」

「嗯，我知道啦！連爸爸媽媽也不可以説！」面對安琪的提醒，小路用力地點頭，從牀上跳到地上。

「我不會告訴任何人的，所以姊姊你下次要再去什麼地方冒險的時候，記得要帶上我和小黑啊！」

小路説完就抱着小黑

沿樓梯走下樓去，安琪在後面邊追着他，邊小聲地説：

「那些夢想世界都不是夢！下次我們去什麼地方好呢，松露？」

~第二冊完~

插曲

在黑暗之中，有一個男子坐着。

他手邊的桌上，放着一顆發出黯淡光芒的水晶球，而水晶球裏面，出現了像是薄霧一樣的淺紫色煙霧漩渦。

男子把手掌放在水晶球上，緩緩地呢喃幾句話後，那些紫煙開始組成清晰可見的形狀。男人以熟練的手勢，一邊擦着水晶球的表面，一邊沉默地觀察着水晶球的變化。

水晶球映照出來的，並不是這個世界，而是另一個世界。那裏有綠色的森林、金黃色的草原，還有廣闊的沙漠，是動物們的樂園。

——男子的眼睛，有着彎月的形狀。

一切終於來了……為了得到那個世界，這個男子在兩個月前，在動物世界種植了一種花粉帶毒的「毒尼斯樹」——，只要它一開花，毒性就會隨空氣傳播，一切，只是時間的問題。

……為了解悶，就看看它們長成什麼樣子吧。

男子在桌上托着頭，手指在水晶球上滑動着，突然——他臉上那胸有成竹的笑容消失了。

「什麼……發生什麼事了？怎麼那些樹都消失了？」

男子抓亂了他的瀏海，歪頭窺探着水晶球，像是要把它吃掉那樣。可是，不論他怎麼找，水晶球內只有清澈的河川及由小石堆積而成的河邊淺灘。他兩個月前播下的黑色種子，的確曾經長成了樹林，可現在卻不見蹤影。

「可惡！是誰！是誰破壞我的計劃！」

男子生氣得咬着牙，只差一點點……真的就只差那一點點。那些樹已經長得十分穩妥，也繁殖了，連花蕊也長出來了。只要那些花蕊開花，花朵裏的劇毒就會污染空氣，令那個世界變成適合他居住的地方。

本來只要多待數天就會開花，可是，偏偏就在這時候，竟有人破壞了一切，以不知什麼方法，淨化了那個森林。

究竟是誰？是怎麼做到的？

這個時候，男子的腦袋突然浮現起某個人的樣子，但他立即搖頭否定，對方只是個小孩，只是個被他利用的人，理應不會對他造成威脅。

男子深呼吸了一下，手放在水晶球上面，然後不知在唸什麼，裏面的煙立即散去，再也沒顯現出什麼。他望着水晶球好一陣子，努力讓自己回復冷靜：首先要找出使用淨化魔法的人。還好他在另外幾個世界已經作出了部署，雖然得不到「動物王國」有點可惜，不過計劃會順利進行的。

……總之，得快點進行。

男子站了起來，抹了一把汗，然後快步離開了。

小路的動物圖鑑

顧問
小宮輝之

我是小路，我很喜歡動物！各種動物都有不同的習性，現在就讓我介紹一下我最喜歡的動物給你們認識吧！

小掩鼻風鳥

Victoria's riflebird

牠是裙風鳥的一種，雄性身上長着漂亮的羽毛，牠們求偶時會跳舞。當中最特別的是牠們跳舞時，會把翅膀完全張開，露出胸口處閃着藍光的羽毛，藉此向雌性表現自己。為了跳得更好，雄鳥還會一起練習呢！

雌鳥相對長得比較樸素。

獅　子

Lion

牠是草原界動物之中的王者，獲稱為「萬獸之王」！獅羣中，狩獵的多數是雌性，而雄性則負責保護獅羣。小雄獅長大後，會被趕出獅羣，需要獨自踏上旅程。

狗 獾

牠棲息在世界各地。雖然牠的名字有「狗」字，但其實是屬於鼬科的。牠的巢穴，最長竟然有100米！屬於雜食性動物，不論是昆蟲，還是水果，牠都會吃。

鴕 鳥

牠是世界上最大、跑得最快的鳥類，身高可達2.7米，跑起來的時速高達70公里！此外，牠的視力非常好，因為眼球的體積比大腦還要大，能看到3至5公里遠的東西！不過，因為腦袋小，所以記憶力很差。

當鴕鳥是一顆蛋時，就已經是世界最大了。牠們的蛋竟然有15厘米以上長！

河 狸

牠們住在河邊，為了防止被天敵找到，會在河或湖裏築巢。後腳長着蹼，很會游泳，但其實牠們是屬於嚙齒動物。

牠們的警戒心很強，一旦發現敵人入侵，就會用扁平的尾巴拍打水面通知同伴。

作者：綾真琴

出生於東京都，是同時寫文章和畫插畫的多棲作家。文字和插圖作品有《令和怪談》三日月之章、青月之章。在新月之章、半月之章、月之章和《隊長，向夢想的甲子園進發》則擔任插圖。

繪圖：Kamio. T

精品製作公司 Kamio Japan 的「發條小熊松露」製作組，除了製作「松露」外，還有商品開發、設計、製作、發售等項目，如「麻糬熊貓」、「麪包胖胖犬」等等。網址：http://www.kamiojapan.jp/

安琪的小熊松露②

拯救動物王國

作　　者：綾真琴
繪　　圖：Kamio. T
翻　　譯：HN
責任編輯：黃碧玲
美術設計：劉麗萍
出　　版：新雅文化事業有限公司
香港英皇道 499 號北角工業大廈 18 樓
電話：（852）2138 7998
傳真：（852）2597 4003
網址：http://www.sunya.com.hk
電郵：marketing@sunya.com.hk
發　　行：香港聯合書刊物流有限公司
香港荃灣德士古道 220-248 號荃灣工業中心 16 樓
電話：（852）2150 2100
傳真：（852）2407 3062
電郵：info@suplogistics.com.hk
印　　刷：中華商務彩色印刷有限公司
香港新界大埔汀麗路 36 號
版　　次：二〇二四年一月初版

ISBN: 978-962-08-8304-0

ぜんまいじかけのトリュフ
動物の國の救世主
綾真琴 • 作
Kamio・T • 繪
Zenmaijikake no Toryufu Dobutsu no Kuni no Kyuseishu